自然写作三部曲

# 干草耙，
# 羊粪蛋，
# 不吃毛茛的奶牛

# Meadowland
## The Private Life of an English Field

John Lewis-Stempel

［英］约翰·刘易斯-斯坦普尔 著

徐阳 译

# 各方赞誉

我有幸读过的最棒的五本书之一。

蒂姆·斯米特（Tim Smit），

英国伊甸园计划（The Eden Project）

拿整个国家做文章的书写了不少，但它们选角的趣味都不及刘易斯-斯坦普尔对威尔士边缘一片地里的描述。狐狸、赤鸢和田鼠，都像HBO剧集的人物那样复杂而丰富……刘易斯-斯坦普尔的那片地里野生动植物资源丰富，并非每一片英国草地皆是如此，此外，他还拥有强大、持久的观察力——外加拟人才华——这一切让他得以描绘出难得一见的动物生活图景，色彩鲜明，引人注目。

汤姆·考克斯（Tom Cox），《观察者》（Observer）

（约翰·刘易斯-斯坦普尔）目光敏锐，文笔流畅，有着英国人对野生动植物来者不拒的纯真好奇心……书中诗意时刻俯拾皆是，但不是那种倒胃口、矫揉造作的自然题材文字。（他的）语调平稳，口吻深情、幽默乃至自嘲……这是一部丰富多彩、趣味盎然的书，新鲜信息像葡萄干似的遍布全书。

安格斯·克拉克（Angus Clarke），《泰晤士报》（The Times）

迷人、观察细致、优美……这位作者对身边世界的挚爱，不仅妙趣横生，也鼓舞人心。

贝尔·穆尼（Bel Mooney），《每日邮报》（Daily Mail）

我的假期读物，约翰·刘易斯-斯坦普尔不仅对此地的各种生物及其共存方式了如指掌，还使其跃然纸上。

菲利普·普尔曼（Philip Pullman），《卫报》（The Guardian）

我的年度之书。匠心独运的语句是踏脚石，引导读者了解并理解这片土地，作者不仅让诗意的声音充当向导和可靠的五线谱，还借助美妙的图景和颇具洞察力的文学手段照亮想象。

斯图尔特·温特（Stuart Winter），
《周日快报》（Sunday Express）

约翰·刘易斯-斯坦普尔勇敢地倚仗活泼而优雅的散文体。他的叙述颇有深度，笔调散漫，不乏幽默，令人享受，其间传递着一条重要的信息……他是已故19世纪田园作家理查德·杰弗里斯当之无愧的继承人，杰弗里斯无疑是他的导师。

约翰·阿克罗伊德（John Akeroyd），《旁观者》（*Spectator*）

这本日记文笔优美、颇有见地，里面有各种引人入胜的历史和文学小插曲。

布雷特·韦斯特伍德（Brett Westwood），

《乡村档案》（*Countryfile*）

一旦走进赫里福德郡的那片地，便会沉浸在（约翰·刘易斯-斯坦普尔）与野花和一群小生灵们令人欢喜的邂逅中，不想在他的草地上逗留都很难——至少停留一辈子吧。

《图解庭园》（*Gardens Illustrated*）

他对草地日常生活的敏锐观察回响着作家BB的精神……脚踏实地的研究。

《田地》（*The Field*）

颇有见地的冥想，关乎我们与自然的关系，以及自然书写本身。五星好评。

《女士》(The Lady)

吸引我们走进去的是小图景……这本书足以让每一位读者渴望拥有自己的草地。

《西部邮报》(Western Mail)

引人注目，温暖，细致的观察令人愉快。这本书是在向脆弱的生态环境致敬。

朱尔斯·霍华德（Jules Howard），

《BBC野生动植物杂志》(BBC Wildlife Magazine)

观察细致，叙述精巧，既有对自然的观察，也有打理这一小片土地的劳作和忧虑。睿智，怡情悦性，文雅，内容充实……我强烈推荐本书。

马克·埃弗里（Mark Avery），

环保人士、《为鸟类奋斗》(Fighting for Birds)作者

（约翰·刘易斯－斯坦普尔）近距离、诗情画意的描述，会让我们对作者产生这样的印象：他在一片地里找到了自己，

又深切关心这片土地……我们处于自然书写的黄金时代,约翰·刘易斯-斯坦普尔是最优秀的倡导者之一。

《刻写板》(*The Tablet*)

通过一位作家的眼睛和笔,我们看到他在这片地里亲自摸爬滚打维生,看到他对四季悄然变化的标志保持敏感……描绘了一幅生动的图景。

《复苏&生态主义者》(*Resurgence & Ecologist*)

一片古老草地的时序变化,极好的近距离观察记录……它激发我们更加密切地珍爱、观察、体验自然。

《蜜蜂嗡嗡》(*Buzz about Bees*)

诗人之笔。

《庭院设计》(*Garden Design*)

一本优美的书……记录他眼中野生动植物的日常。

蒂姆·迪伊(Tim Dee),《乡村生活》(*Country Life*)

魔力非凡。妙极了。

吉莉·库珀(*Jilly Cooper*)

一本发人深省、放松身心的精彩读物。

阿西妮·唐纳德女爵（Dame Athene Donald），

《2014泰晤士高等教育书单》

(*Times Higher Education's Books of 2014*)

一本因简洁和优雅而脱颖而出的书。

休·汤姆森（Hugh Thomson），

《通往树林的绿色之路》(*The Green Road into the Trees*) 作者

本书当然要献给潘妮、特里斯特拉姆和弗蕾达。

# 目　录

序　001

**01** January / 1月　003

**02** February / 2月　039

**03** March / 3月　059

**04** April / 4月　085

**05** May / 5月　107

**06** June / 6月　129

07 July
7月 159

08 August
8月 195

09 September
9月 215

10 October
10月 231

11 November
11月 247

12 December
12月 269

植物名称　283

动物名称　285

草地图书馆的藏书与音乐　289

致　谢　299

# 序
Preface

我只能把自己的感受说给你听,说说在一片地里劳作观察、与所有生灵产生联系是一种怎样的感觉,一切都在地里,一直都在。精确分析……毫无意义。尽管浪漫主义诗人威廉·华兹华斯(William Wordsworth)对英国乡村的描述并非句句精准,但此言极是:

> 自然造物如此可爱
> 我们的学问人却插手
> 将美妙形态破坏
> 谋杀然后解剖

# January

## 1月

草地鹨

01

夜已深，一轮冷月爬上默林山（Merlin's Hill），我去地里等沙锥鸟。寒风凛冽，河畔栎树梢脆若锡纸的枯枝败叶哗哗响。打开门，美景豁然眼前，我的心也随之跃动，一如往常：这片地坦坦荡荡，灌木篱墙围出画框，左边是默林山流畅的曲线，右边是布莱克山（Black Mountains）令人望而却步的屏障。山顶积雪绵延不绝，像婚礼蛋糕的奶油一般丝滑。

走进地里，踏上这方广阔的舞台，世间好像独我一人。目之所及，没有房子，没有人，也没有车。这片天地，走进去，就会长呼一口气。

沙锥鸟喜欢草地潮湿的角落，爱去破旧排水沟渗水的地方，这里已成为苔草的天下，长满尖尖的嫩枝。前两夜，沙锥鸟来得晚，这里的地面很适合它们匕首似的喙，苔草还能遮风挡雨。

寒霜幽灵般掠过地里的草。一小群棕色的草地鹨从我面前飞起,好像在缓缓攀登隐形的楼梯,一路叽叽喳喳闲聊。一入冬,相貌平平的草地鹨就会成群结队,它们是名副其实的草地鸟。草地鹨学名为 Anthus pratensis,pratensis 在拉丁文中意为"草地的"。Pipit 是描述这种鸟笛声般的歌儿;草地鹨还有其他英文俗名,如 moss cheeper、teetan 和 peeper,皆取自拟声。单单是听这些名字就能发现,用人类语言描述鸟儿的曲调是多么苍白无力。

我溜到这片地最远处紧挨林子农场(Grove Farm)的排水沟那边。这里位于赫里福德郡最西端,紧邻英格兰与威尔士边界,降水较多。挖排水沟是为了保证上方田地排水,沟很深,足以为一个世纪前在佛兰德斯的士兵[1]打掩护。

我在不停渗水的红墙排水沟里等待,胳膊撑在墙头。我喜欢在排水沟里等,隐身其中。有时我还会带上猎枪打鸽子、雉鸡和野兔,但绝不打沙锥鸟。这娇小的涉禽脸上长着短剑一般的喙,真是稀客,我实在不忍心下手。猎杀这种鸟,无异于谋杀贵宾。远处树篱上方乌鸦啁啾。

---

[1] Flanders,又译"佛兰德尔",欧洲历史地区,位于低地国家西南部,包括现在法国东北、比利时西南以及荷兰的部分省份。第一次世界大战期间为重要战场。(如无特殊说明,本书注释皆为译者注。)

# 1 月
January

沙锥鸟就是不来。但它们本来就很神秘，魅惑的羽毛，条纹斑点与大地融为一体，是天生的伪装者。过了大约四十分钟，我快冻僵了，正打算爬出排水沟，突然瞥见一个黑影挤到铁丝网下面，在底下那排倒刺上留下更多银色硬毛。

我们认为动物的嗅觉相当灵敏，近乎迷信。不过，现在风正朝我这边吹，他并没有觉察到我的存在。

根据拖曳的后腿判断，是那只老公獾。獾不会进行严格意义上的冬眠，但为了躲避刺骨的寒霜，他已经在地下蛰伏几天。獾是纳粹，将戈林"要大炮不要黄油"[1]的口号奉为圭臬。尽管他一定饿极了，却还是要把保卫领土放在首位。

有意思的是，他领土的东界恰好与我们的重合，他把人类牲畜栏设为国界。这只獾正沿着边界蹒跚而行，黑白相间的吻鼻贴在地上，每隔5码[2]就蹲下来嗅嗅。太阳早已落山，在上弦月的清辉中，我只能通过他头上那圈惊人的白色柔光来判断行进路线。

这防御措施惹人嫌弃，他却心满意足，又开始拖着脚穿过这片地朝我走来。

---

[1] 赫尔曼·戈林（Hermann Goring，1893—1946），纳粹德国二号头目，第二次世界大战重要战犯，提出"要大炮不要黄油"的口号，将德国重心从发展经济移到军事上。
[2] 1码约为0.914米。

獾虽是较大的哺乳动物，却喜欢小口进食。距离不到20码的时候，我见他翻起了牛粪堆，好像泰然自若的披萨大厨。天这么冷，蚯蚓不多，但我曾见过獾一大家子集体出动，那时正值夏末，地面刚割过草，被雨水微微润湿，他们像吸尘器一样掏出成百条蚯蚓。每年，一只獾轻而易举就能吞下两万条蚯蚓。不过，那个季节里，这片5.7英亩[1]的地里约有600万条蚯蚓（陆正蚓学名：Lumbricus terrestris），绝对够獾享用。

今晚战绩不佳，他慢慢挪走。我跟在他后面。先来后到，理所当然。獾是英国最古老的地主，早在英吉利海峡把我们同"欧洲大陆"切断之前，獾就已经在英格兰南部的落叶林中游荡了。穿过地里时，我用威灵顿长筒靴踢开牛粪堆，看看獾吃的是什么。原来是小小的、亮闪闪的灰蛞蝓[2]。

说这是一片平地并不确切，但在丘陵地里，它实在是平得出奇。实际上，这片地自西向东微微倾斜。乍一看，这好像是一片完整的栖息地，可它和所有地一样，栖息地类型不止一种。再仔细看看。奶牛瞪眼站着的两个围栏门口，地面光秃秃的，在月光下好像一道道伤疤。西排水沟接住上方似

---

[1] 1英亩约为4047平方米。
[2] 俗称"鼻涕虫"。

沼地（Marsh Field）全部的水，地面渗水几近沼泽。排水沟有一部分深深陷进地里，水流速较缓，形成一个矩形小池塘，青蛙和蝾螈在此繁衍生息。狭长如手指的一片地随意地伸出去，周围树木环抱，我们从不修剪，这里连拖拉机和收割机都进不来（换作很久以前，连马都进不来）。而环抱田地的树篱之下，地面大多干燥，尤其是西树篱北缘，羊群喜欢在这里睡觉或躲避风雨，一缕缕羊毛挂在山楂树间，地上留下青黑色的羊粪蛋。这会儿就有一群正在呼哧呼哧地反刍：30头雷兰羊，15头设得兰羊，10头赫布里底羊。蓟就长在这里，十月，美丽的红额金翅雀会优雅地飞下来，采食种穗。

躺下，在霜寒中放眼望去，灰色的田地算不上平整，几个世纪的放牧，留下了凹凸不平的足印。阡陌交错，羊群世世代代踏出的印记，恰好清晰可见。去年踩的牛蹄印里积水了，映着月光闪闪发亮，好像散落了几百只小镜子。

这片地还有隐形的等高线。返回途中，我发现地中央有个隐形的临界点，气温骤变，让人不寒而栗。

一条窄窄的小河从山中流出，沿着这片地的东缘，向大海奔去。它流过页岩砾石滩，流过清澈的池塘，绕过一道圆弧，形成岬角，我们叫它"手指地"。河岸多处陡峭，有一片小树丛，长着枸骨叶冬青[1]、桤木、山楂树、榛树、栓皮槭、常青藤等，都是古老树篱肆意生长的子子孙孙。树丛中有两棵高大威武的栎树，年老体弱，紧抓河畔泥土，在河面上大幅度倾斜，根系有象鼻子那么粗，盘旋地上，留下漆黑的巨洞。这两棵栎树估计有700年了，始于这片孤寂山谷草木萌发之时。

低声细语的小河流出这片地，灌木向外扩展，长出一片小树丛，狐狸就在这里的欧洲蕨和矮灌丛中悄悄安家。狐狸喜欢临水做窝。

这条河有个名字，叫艾斯克利（Escley）。A. T. 班尼斯特牧师（Reverend A. T. Bannister）在其1916年的著作《赫里福德郡地名》(*The Place Names of Herefordshire*) 中提出了有关"艾斯克利"一词缘起的猜测："聪明人不屑于探讨河流命名，但还是不禁会把这个词和衍生出 Exe、Usk、Ock 和 Ax-ona 的凯尔特语根词联系在一起。"他的推断应该没错，这个词似乎源自表示"鱼类充足"的布立吞语[2]根词。简而言之，"艾斯克利"在威尔士语中和鱼有关，它从词汇学角度提醒人们，曾经的

---

[1] 又称"欧洲枸骨""英国冬青""圣诞树"，圣诞卡上常与红色小冬青果同时出现的就是这种冬青的叶片（本书末章将会提及）。
[2] Brythonic，又译作"布里索尼语"，为凯尔特语南边的一支。

# 1月
## January

边界退缩了,尽管这片地如今在英格兰境内,距边界却只有一英里[1]之遥。艾斯克利河里的确有鱼,在河畔桤木之间垂钓,有耐心就可以收获鳟鱼。今夜,艾斯克利河正在窃窃私语。

虽已入夜,我离开这片地时还是有渡鸦呱呱叫,我想起其中一对渡鸦就住在河对岸一小片冷杉林中,坐拥这片地的最佳观景台。渡鸦会与配偶终生相伴,我们搬来的时候,这对夫妇就在这里定居了。

刚搬来时,这片地让我既开心又绝望。这边风景独好,放眼360度才能看到房屋,那时仅三户人家,我们便是其中之一。景致令人欢欣,草地状况却叫人心寒。我的大脑陷于定势思维,哀叹不已:牛羊苜蓿不够吃,还有两片草被金针虫糟蹋了。

于是我对这片地放任不管,别处实在没草了才把牲口赶过来。但其他人也没采取多少行动,这片地有几处蓟类丛生,足见多么古老。

有时,听之任之也是好事。在城里,住在山上的是富人。

---

[1] 1英里约为1.6千米。

在乡下,住在山上的反倒是穷人。最平坦的地属于养牛大户和玉米大亨,丘陵地带的农民苦于资金不足,无法彻底改变地貌。论生态保护措施,什么也比不上贫困。有年夏天,我没有在此放牧,让这片地自由生长。

农民诗人约翰·克莱尔[1]将植物称为"绿色纪念碑"。那年六月,地里开出我早已忘却的花朵,如黑矢车菊和筋骨草。看来,这片地除了放牧,也可以用来耕种。

这里曾是一片干草场。

**1月7日** 下雪了,这片地沉浸在原始的静谧之中。雪足有5英寸[2]厚,都可以拉雪橇了,特里斯和弗蕾达在旁边的河岸地(Bank Field),像在克雷斯塔滑道[3]上那样一路滑下去。从别处看不见的山谷中,也传来其他孩子的尖叫声。

我也用雪橇,倒不是为了一小时几英里滑下山找乐子,而是为了把一堆金色的干草拴在散发着童话气息的木雪橇上

---

[1] John Clare(1793—1864),19世纪英国浪漫主义诗人,诗歌侧重对乡村生活和自然风物的描写。
[2] 1英寸约为2.54厘米。
[3] 位于瑞士克雷斯塔山谷的平底雪橇滑道。

拖到地里去，我还浪漫地自诩为"南极斯科特"[1]。羊群却更钟情于附送的半袋子甜菜，一拥而上，无畏无惧的，饥肠辘辘的，全都跳了起来。雪花挂在颈上，它们像初次参加舞会的姑娘戴上了珍珠项链那样开心。大雪盖住了自然界的各种气味，羊群的膻味扑面而来。

广袤闪亮的大地还没被羊蹄子踏过。在这片新土地上，我好像在探索新发现的星球，的确如此。这是颗白色星球。太阳反射雪花晶体，发出刺眼的光芒，我不得不眯起眼睛，好像在窥视未来。

实际上，这片地并非一片雪白，中间有两片绿色，地面冒水的地方没有积雪。鸟儿会成群结队来这片绿洲饮水，在泥土里觅食。软泥上有雉的脚印，还有另一种长爪子小鸟儿也留下了浅浅的三角形痕迹。

下午，它们又回来了，稍作停留。是三只凤头麦鸡。

在过去的70年里，农牧业发生巨变。人口压力要求农民

---

[1] Robert Scott（1868—1912），英国海军军官、极地探险家。

加速生产食物。20世纪30年代，英国农民可以喂饱1600万人，如今却能喂饱4000万人。现在大多牧场均已实现"集约化"管理，培育特定品种的牧草，使用肥料和除草剂。自20世纪40年代以来，在集约式管理下，牧草增产150%。

而这也付出了一定的代价。97%的传统草地消失了。人工肥料不利于脆弱的原生牧草生长，生命力更强的牧草品种也会使原生牧草窒息而死。新办法是每年两三次割草做青贮饲料[1]，然而无济于事——第一次割草是五月开花结籽前，那时地上筑巢的鸟类和哺乳动物仍在哺育幼崽。有些动物已经灭绝了。20世纪70年代，我幼稚地在干草场里用气枪打老鼠，差点踩到一只长脚秧鸡，但从那以后就再也没见过这种动物了。它们在英格兰绝迹了。这种鸟成了一种象征：象征着我们对英国地貌和自然遗产无言的伤害。我们想方设法在这座拥挤的小岛上尽可能多地生产食物，却留下了这样的后遗症。

传统草地上有不少植物收割较晚，随后喂给牛羊，这些植物不是直接食用的农作物，却能够维持营养物质均衡，为野生动物提供食物。这不也正是英国的独特之处吗？身在索

---

[1] 新鲜草料作物经发酵等工序制成的家畜饲料，比鲜草料耐贮存，营养价值高于干草料。

姆河或缅甸丛林战场的英国军人思忆故土，最先想到的难道不也是这遍布野花的草地、农舍还有连绵的小山丘吗？

"草地"（meadow）的概念确切得令人吃惊，源自古英语mædwe，与表示割草的māwan息息相关。草地是生长花草、收干草的地方，收割的干草则会成为牲畜冬日的饲料。草地不是自然栖息地，而是自然、人与动物的一种关系。最理想的状态，是成为一种平衡，一种艺术。

**1月9日**　雪下个不停，西风吹过，表面泛起一道道涟漪。这片地连着远方，如同大海翻滚着雪白的浪，在地里潮起潮落。不过，有一些杂乱干瘪的蓟类植物刺破雪地露出来，打破幻觉。

羊用蹄子刨亮闪闪的雪地，想吃下面的草，它们能在干草架附近潜伏几个小时。设得兰羊啃起树篱中粗粗的常青藤卷须，一直啃到中间白色的筋，咬得表皮边缘不住渗出橙色。它们也会把野生黑莓刺丛的叶子拖出来啃，尽管这是一种落叶植物，却表现出惊人的常绿特征。入夜，气温降到零下7摄氏度，艾斯克利流速较缓的河段结了一层冰。我看着河水慢慢上冻，如同惨白的霉菌侵袭蔓延。池水冻成了1英寸厚的玻璃板。它可以承受我的体重，却呻吟表示抗议。

在林子农场的排水沟边，我看到了獾宽宽的爪印，他蓬松的皮毛擦破雪地表面。在林子农场排水沟后面的河岸那里，有个小小的兔子洞，穴兔爱去林子农场的地里吃草，把靠我们这边的洞穴当作逃生出口。今天早晨，它们已经来地里了，在似沼地树篱荫蔽的一侧刨雪地找草吃。穴兔的拉丁语学名是 Oryctolagus cuniculus，字面意思即"掘地野兔"。但现在雪很深，地面坚硬如铁，兔子只好蹬着后腿站起来，啃食美味的榛树皮。

孩子们上学去了。天寒地冻，羊儿连咩咩叫的劲都没有。只有我坚韧的靴子在雪地中嘎吱嘎吱发出声响，打破宁静。连河流都是静默的。

这片地曾为沧海，鱼在如今的草地中游。那时，草地在赤道以南。在距今约4.25亿年前的泥盆纪早期，我现在所站之处是浅浅的热带河口，富含原始鱼类和甲壳纲动物——棘鱼类、板足鲎、头甲鱼、甲胄鱼，等等。我很清楚那个时期脚下会游着哪些生物，因为上游半英里的老采石场韦恩·赫伯特（Wayne Herbert）从绿色粉砂岩中剥离出数百块化石，其中就有一块是早期七鳃鳗化石，它被命名为Errivaspis waynensis，以纪念出土地点。发现这块化石的绿色粉砂岩透镜体[1]同样横贯这片土地，地质结构很容易判断：河流在这片地的一侧切出剖面图，横截面一览无余。干草场通常位于河边，情有可原。牧草肥美之处，必有充足的水源。地下数万亿条细流，将河流滋养的水分输入土壤之中。

站在浅水里，向岸边望去，4.5亿年的地质史在我面前铺开，底部是一层层绿色的水平向粉砂岩透镜体。一整天我都在用凿子和锤子敲敲打打，纵然是荒凉的仲冬，也暖和起来了。

下午过半，一缕阳光穿过栎树枝照在绿色的石板上，我找到了要找的东西。一块鱼鳞残片化石，几乎可以肯定是棘鱼纲生物。这些12英寸长、长有许多鳞片的脊椎动物，是最早的有颌鱼，是今天这条河中鳟鱼、泥鳅、杜父鱼的直系祖先。清澈透明的水中，好奇的小真鲦正在研究我的威灵顿长筒靴，化石上这种鱼也是它们的祖先。

---

[1] 沉积岩的一种构造，岩层从中间向边缘逐渐变薄乃至消失。

我选了一条穿梭乡间的路线驱车前往赫里福德,指望能避开堵车。(有希望。)尽管人烟稀少,我还是发现至少有五户人家将路边草地修剪得整整齐齐,不足1厘米高。内心深处,我暗暗谴责这种市郊美学(要是想把自家打造成海厄森丝·巴克特的鲜花大道[1],何苦跑到乡下来?),更让我义愤填膺的是,这会带来生态灾难。路边草地往往是残存的原始草地——在某些地方,原始草地仅能借此幸存——繁花烂漫,也是野生动物的庇护所。在沃美罗(Wormelow)一片未经修剪的条形草地上空,有只红褐色的红隼在盘旋。

**1月11日** 地面仍有一片片、一道道洁白的残雪。善变的一月。此时风力减弱,太阳有时冲破云层,摇蚊在光柱中

---

1 海厄森丝·巴克特(Hyacinth Bucket)是英国1990—1995年情景喜剧《保住面子》(*Keeping up Appearances*)中的女主角,工薪阶层背景,却想方设法走上层社会生活路线。编剧命名颇有寓意,她的名字意为"风信子",剧中她也坚持将自己的姓Bucket(水桶)发成Bouquet(花束),她的家在鲜花大道(Blossom Avenue)。

舞动。我这片地里最忠实的伙伴草地鹨正在四处游荡。我没有欢呼雀跃，一月的温和有点诡异，让人感觉不太对劲。

下午3点左右，雪迅速消融。草地之下的土壤已经渗透。

据英国农业研究委员会（Agricultural Research Council）1964年《大不列颠土壤勘测》（ Soil Survey of Great Britain ）2号公告记载，这里的地质构造为"泥盆纪泥灰岩，细颗粒砂岩带，加之薄薄的地表沉积物"。我将手指穿过融雪后泥泞的草地，戳进泥土，抓起一把泥盆纪泥灰土。在我手中，在劳作者手中，一捧赫里福德郡红色黏土厚重而冰冷。我把它放手里揉捏成球，滚成一个坚实的迷你地球仪。

大自然对偷懒分类法深恶痛绝。严格来说，这片地是未经改造的"中性"草地，即，黏土既未呈现出典型的酸性，也未呈现出典型的碱性，pH值在4.9到5.4之间。实际上，一部分土地偏酸性——pH值在3.5到5.5之间。得知这一信息后，我这种业余植物学家第一反应是，这里一定有许多嗜酸如命的植物，比如酸模。我喜欢酸模，夏日，它们顶上会长出片片红色云雾，长矛状的叶片富含矿物质和维他命，人畜皆可享用。

这种泥盆纪泥灰土不易排水，是中性至酸性的。

次日，地里到处闪耀着1英寸深的水坑，我得先把羊群暂时赶出去。水源源不断地向下渗，渗入河流。地面泥泞，我走起路来像关节炎患者似的。

**1月14日**　艾斯克利河一夜间决堤，手指地的尽头洪水泛滥。等我中午过去的时候，水已经退下，留下残枝、圆木、树干和小树枝等，一片杂乱。我发现，洪水刚好避开了小树丛里的狐狸洞。

虽然艾斯克利河水位已经下降，却依然带着大海般汹涌的狂野在翻滚。

夜深，草地。蚯蚓被反常的温暖湿润天气逼到土表，但还是淹死在青灰色的小水滩里。在修道院般的昏暗中，一只狐狸蹚水而来，一路尽享蚯蚓盛宴。这只狐狸一定会赞同自然主义先驱吉尔伯特·怀特[1]对蚯蚓的评价："尽管它们在自然生物链中看似渺小卑微，却不可或缺，没有它们，就会出现令人哀恸的断层。蚯蚓似乎是植被的重要促进者，少了它们，植物可以生长，但长势不佳。"

---

1　Gilbert White（1720—1793），英国牧师、博物学家，著有英国经典自然志《塞尔伯恩博物志》(*The Natural History and Antiquities of Selborne*)。

冬天，蚯蚓一般不太活跃，耕种土地的工作主要由夜异唇蚓（学名：*Allolobophora nocturna*）和长异唇蚓（学名：*Allolobophora longa*）承包。（你还以为所有蚯蚓都一样呢。）与此同时，我从古老的气候谚语中寻求到了安慰[1]：

一月长的草
整年长不高

**1月15日**　嗅嗅，我们的三色迷你杰克罗素犬，冲着黄花柳下某样东西狂吠，黄花柳的枝干像天线，穿破缓缓降临的雾霭。等我赶过去的时候，狗鼻子已经刺破流血了，血滴还斑斑点点地洒在了他齐本德尔式[2]的前腿上。他向一只刺猬发动进攻了，这只刺猬被暖和的天气冲昏了头脑，以为春天已经到来，从冬眠中慢慢挪了出来。刺猬在枯枝败叶中紧紧缩成一个球，光是闻闻空气中的凉意，就足以感受到自然环境的恶意。

---

[1] 或因当年一月寒冷，草木尚未萌发。
[2] 英国家具设计师托马斯·齐本德尔（Thomas Chippendale，1718—1779）的木工家具风格，椅子尤为著名，腿部优雅。

我突然产生了一股愚蠢的冲动，想摸摸刺猬的刺，看看到底有多尖。刺猬标志性的"外套"上约有五千根刺，长度可达2.5厘米。我跪下来，一不小心失去平衡，结果用力过猛。一根刺扎进指甲里。鲜血直流，狗狗和我都撤退了。这种防御性的刺，会让大部分捕猎者望而却步，也可以挡住我这种人。不过，獾会把刺猬翻开，从里面吃，然后把皮毛扔了，像丢包装纸一样。

在我身后，河水像狂热的球迷一般兴奋地大喊大叫。

**1月17日** 旧历主显节前夕。我没能禁住祝酒这种陋习的诱惑。"祝酒"（wassail）一词源自中古英语waes hael，意为身体健康。"联欢祝酒"，是和邻居聚在一起喝；盛产苹果酒的英格兰西部郡县，还有"果园祝酒"，人们用木棍抽醒苹果树，在树枝间放上一片吐司，在根部洒上苹果酒。这些都是为了祈祷来年丰收。要是唱起祝酒歌就更妙了。比如这种：

敬果树，前程似锦，
满树李子，满树梨。

"祝酒"这个词可能是从古斯堪的纳维亚语传入中古英语的，但这种习俗也许很早以前就有了，可能在基督以前，甚至可能上溯到罗马果树女神波摩娜的献祭仪式。在赫里福德郡，祝酒可是大场面。据1791年2月的《绅士杂志》(*The Gentleman's Magazine*)记载：

> 在赫里福德郡，傍晚将近，农民与朋友和仆人们聚集起来，6点多，他们会走进一片地里……在这片地最高处生12堆小篝火，一堆大篝火。所有人在一家之主的带领下，用陈年苹果酒祝酒。每逢这种场合，陈年佳酿随便喝。人们在大篝火边围一圈，突然放声大吼或一声高呼，随后周围村庄或田地里都会传来应和声，有时能同时看到五六十堆篝火。

篝火堆象征着救世主和他的信徒们。

不知为什么，潘妮和孩子们都很忙，不能与我同去果园。所以我独自一人，带着一片面包、一瓶韦斯顿牌苹果酒（Westons）、一把猎枪，还有我的黑色拉布拉多伊迪斯。

在伸手不见五指的黑暗中，我用吐司和苹果酒敬了河岸地小河尽头的那两棵老苹果树。然后我像蓄意破坏似的对着昏暗的树梢开两枪，驱赶幽灵。

要是连这双管12口径猎枪都吓不走邪恶力量，其他武器也无济于事了。

在原始风景中，这种原始的手段似乎不算疯狂，这里几乎连一盏电灯都看不到，拢起手就能把夜晚永恒的宁静收入掌中。布莱克山脉这些丘陵上的农场，多半历史悠久，小片围着树篱的土地是中世纪砍伐树林形成的。这片地就是这样，下草地（Lower Meadow）也是这样。

**1月18日** 天气让人捉摸不透。隔窗望去，阴天，潮湿，平淡无奇。我将羊群赶回地里，扛着一塑料桶矿物舔块饲料往地里走去，走到一半我才发觉寒风似刀，刺破外套，好像要把我整个人掏空。我的手（我蠢到了家，把两只手套和备用手套全弄丢了）冻成两团黑莓，路上遇见一只大山雀，它满眼无助，躺在似沼地树篱下面苍白的草丛中。这堆草不能为它遮风挡雨，毫无暖意，完全没有家的模样。凛冬正在横征暴敛，我决定回家时带上这只小鸟，给它温暖，喂它食物。

没下雨，我的眼睛却在迎风流泪，一切都模糊了，仿佛是透过鱼眼看世界，浸在水中。等我放下舔块饲料桶回到可爱的大山雀身旁，它已经死了。我把它捧在冻麻的手心里，感觉不到一丝重量。它眼睛下面那两片白色，像棉花做的眼泪。

冬日的风、雪和洪水已把乡间清理干净，一切归零，从头再来。最后几片晃悠的叶子从栎树上飘落，大树和树篱变身从前茂盛时的X光片。灰松鼠窝有两个，一个在小树丛的榛树上，一个在似沼地树篱截了树冠的栎树上，看起来很像树枝浮雕中的瑕疵。一群紫翅椋鸟沿着这片地，像墨西哥人浪[1]一样飞行。在这荒凉的日子见到它们我很开心，除此之外，只有普通鵟盘旋时发出冷酷的喵喵声。

雪还没完。前夜的雪花飘到地上，所以到了下午，雪足有3英寸厚。风轻抚雪地，桦木兔鼻子般的小芽似乎是这片地里唯一柔软的东西。林子农场排水沟边，有一些蹑手蹑脚的脚印，看不出是伶鼬还是白鼬，紧接着是一串在狂奔中费尽力气的足迹，几滴血，然后是一具兔子尸体被拖入树篱时留下的大片痕迹。

---

[1] 人群依次举手站起、坐下，形成舞动的波浪，据传由墨西哥人发明，多出现于球赛助威场合。

伶鼬和白鼬的足迹区别不大，从步长判断，我觉得还是更像白鼬。对比这两种鼬科生物，白鼬步子更大。

下午，我在这片地榛树篱折断的角落里等了一个小时，坐在本用于装甜菜的空塑料袋上。甜菜残渣的甘草味香气让我感到舒心——听起来很孩子气。我聚精会神地盯着那边的犯罪现场，竟没发觉一只白鼬就坐在我左边五码的地方瞪着我。的确是白鼬，伶鼬冬天不会变白。算不上令人满意的纯白，体侧和肩上是棕色。

我先眨眼了，那白鼬轻快地跑开，刨起一阵雪。

小树丛子里有只知更鸟[1]响亮地唱了起来。还有一只跟蛾子差不多大的鹪鹩，在我身旁树篱凌乱的叶子里忙忙碌碌：仲冬时节鹪鹩不唱歌，只是忙于觅食。

起雾了，远方的世界全被抹去。这片地成了一座孤岛。

我们被困雪中，要想在草地里开出一条通往车道的路，就得在拖拉机前面安一把锹。

---

[1] 即"欧亚鸲"。

我继续用雪橇给地里的羊群运送干草和甜菜头,它们把食槽和干草架附近的雪都踏进了泥巴地。一只满心感激的乌鸫正在挖掘露出的泥土,家麻雀在羊群吃剩的饲料里寻找种子穗和甜菜渣。

还有一只乌鸫,在围栏入口处的榛树上啄着槲寄生的球形果;西风将至,地里大部分鸫鸟以及迁徙而来的白眉歌鸫[1]和田鸫都开始撤退,往村庄和低地飞去。槲寄生的叶片看似海藻,好像在《圣经》的洪水中搁浅了。

夜里,河对岸有只狐狸冲着月亮尖叫,不知在哪儿。我禁不住诱惑,顺着克雷斯塔滑道一路滑下去,雪橇划出的泥沼是月光中唯一的败笔。

**1月21日** 爱德华·托马斯[2]是我最爱的诗人之一。我就会背两首诗,《艾德尔斯特罗普》(*Adlestrop*)便是其中之一。[另一首是雪莱[3]的《混乱中的假面游行》(*The Masque of*

---

[1] 又称"红翼鸫"。
[2] Edward Thomas(1878—1917),英国诗人、随笔作家,以描写战争的诗歌著称。
[3] Percy Bysshe Shelley(1792—1822),英国浪漫主义诗人。

Anarchy），是在我走朋克路线的青春叛逆期背下来的。］罗伯特·弗罗斯特[1]问35岁的托马斯，为什么要参加"一战"，后者弯下腰亲吻英格兰的泥土。"都是为了这个。"他说。要是有人这么问我，我也会报以同样的回答。托马斯认为，他能给孩子最好的礼物就是英格兰乡村。在《居家小诗》(*Household Poems*)中，他写自己想给儿子梅尔芬的馈赠是：

假如我拥有这片田园，
可以纵情驰骋乡间，
泰伊是我的，我能随意出租或赠予——
温格尔泰伊和玛格莱汀泰伊
——还有思歌林、古谢伊、科克莱尔、
谢罗、洛谢特、班笛什、匹克莱尔、
马丁、兰普金和莉莉朴特，
假如我拥有它们的小树林、池塘、道路和车辙，
耕马犁地，
鸽鸟疾飞低泣，
树篱中情侣偎依，

---

[1] Robert Frost（1874—1963），美国当代著名诗人。

# 1月
January

那里的果园、灌丛和围墙,

阳光不受北风阻挡,

一棵棵树上,鸫鸟歌唱,

上天难以言传的谚语,

我愿都赠予爱子,

如果他愿随意租我

黎明时分的乌鸫之歌一曲。

可他应该没有乌鸫了,看我的草坪

冷冷清清,

因为我已经把它们打下来做成馅饼——

他的埃塞克斯乌鸫,还有其他鸟,

我只好孤身一人,独自终老。

既然如此,应该由我来支付租金,

拿出一曲歌儿,像乌鸫那般悠扬动听——

无话可说——房子的主人应该是他,而不是我:

玛格莱汀或温格尔泰伊,

还有思歌林、古谢伊、科克莱尔、

谢罗、洛谢特、班笛什、匹克莱尔、

马丁、兰普金和莉莉朴特,

这些都应归他所有,直到小路上不再有车辙。

田地的土名字很难与村庄的浪漫名字（温格尔泰伊！玛格莱汀！）兼容，往往也囿于平淡。我们总是喊这片草地"矮树丛地"或"手指地"，来访的邻居则告诉我们这是"尽头地"。天气不好，我趁机去赫里福德资料图书馆查证，有些热心的历史爱好者已经精心编撰了一卷关于当地田地名称的书。只有我一人在翻阅纸质书——四十岁以下的人差不多都在用电脑——我发现了历史上这片地的官方名称，是在1840年什一税[1]调查文件中出现的。下草地（Lower Meadow）。河岸地附近的下草地。周围还有大片地（Big Field）、羊棚地（Sheep Shed Field）、长牧场（Long Pasture）、奶牛场（Cow Pasture）、八英亩（Eight Acres）、路边地（Field Down the Road）、遥远地（Far Field）、大草地（Big Meadow）和平坦地（Flat Field）。

在英格兰乡间，名字听起来毫无参考价值的不仅是田地。这本参考资料还证明，农场的命名也过分实在。约4公里开外有家农场的名字极其没有参考意义：农家农场（Farmhouse Farm）。

那次什一税调查是在1836年《什一税代偿法案》（Tithe Commutation Act）通过之后开展的，彼时牧区牧师财政支持

---

[1] 欧洲中世纪基督教会征收的一种宗教捐税，税额为纳税人土地产品总收入的十分之一，其依据为《圣经》称农牧产品中十分之一属于上帝。

体系深陷泥沼，操作含糊，民众逃避，该法案旨在让这一体系合理化。法案欲通过法律条文，将以现金支付什一税（即"代偿"）的做法固定下来，不再允许使用动物或农产品支付，应缴纳的税金根据所拥有的土地面积而定。这一体系的可操作性有赖于绘制地图、确定地主及其土地面积。然而，看着地图，我突然意识到田地的名字多么具有纪念意义。若是名字中含有 stubbs 或 stocking[1]，说明那里曾是林间伐木形成的；名字里有 butts[2] 的地方很可能是中世纪当地人练习射箭的靶场；而 walk[3] 则表明这片地以前是给羊吃草的地方。

田地的名字同样也让赫里福德郡方言一目了然："土墩地"（The Tumpy）是高低不平或坡度较陡的地，tump 在当地指小土墩。顾名思义，"馊草地"（Sour Meadow）就是牧草不好的地方呗。你也可以从中看出从前村庄聚落形式：曾经的"肉铺地"（Butcher's Shop）紧邻当地肉铺，后来肉铺没有了。

什一税地图上有个墓碑一般的名字："布谷鸟地"（Cuckoo Patch）。如今，山谷中布谷鸟[4]已难觅踪影。

---

1 这两个词在中古英语里均可表示"树桩"或"伐木"。
2 该词有"靶场"之意。
3 该词有"牧场"之意。
4 又称"大杜鹃"。

男子需要知道田地的名字，这是他们劳作的地方。他们的妻儿也需要知道田地的名字，这样才清楚该把丈夫或父亲的午前茶点（elevenses）、午后茶点（fourses）、苹果酒或茶、面包、奶酪送到哪里。

雨还在下，所以我还是继续在温暖的地方史书架之间徜徉吧。在这里，我找到了这座村庄《1664民军税》（*1664 Militia Returns*）的复制本。（Returns是一种征税形式。）某页过半，塞姆·兰登（Sam Landon）这个名字出现了，他的6镑收入需要纳税。

这个农场叫特里兰登（Trelandon），就是以此人命名——Trelandon在威尔士语中意为"兰登的家"。这房子是他从"霍普顿老爷"（Ye Lorde Hopton）[1]的共同财产继承人那里租来的，在接下来的一百年中，霍普顿家族（Hoptons）依然是该农场的所有者，随后将其转手给阿伯加文尼侯爵（Marquis of Abergavenny）。1921年前，侯爵家族始终是这片农场的主人，后来他们同其他许多地主一样，迫于"一战"阴影把它卖了。1918至1922年间，英国有四分之一的土地易主，

---

[1] 或为拉尔夫·霍普顿（1596—1652），英国内战时期的保皇党指挥官。——编者

下草地就是其中之一。这是修道院解散[1]后空前绝后的一次土地变卖。

塞姆·兰登接手农场后，冒出了一个新潮的想法——在劳作的地方安家。此前，苦力和农民等土地耕作者全都住在村庄里，白天步行下地劳动，当时乡村聚落模式大抵如此。赫里福德郡中世纪村庄粗枝大叶，大多是树枝和黏土建成的小棚屋，摇摇欲坠。乡下人非要在里面烧接骨木，还想不通为什么有人会死在夜里。（接骨木燃烧时会释放有毒氰化物。）布莱克山谷地区的乡下人贫困潦倒，17世纪当地有位名叫罗兰·沃恩（Rowland Vaughan）的乡绅称，这些地方是"英国盛产穷人的地方……我同时见过三百名拾穗者在一位乡绅的玉米地里捡剩下的谷穗"。

也许，塞姆·兰登觉得远离这群疯子、在僻静之所自立门户很开心。他绝对是个很有想法的人，我用胡珀的树篱年龄计算公式[2]（年龄=30码之内物种的数量×110+30）估算出，下草地西边树篱约为350岁。这片树篱把下草地和上面的湿

---

[1] 在议会授权的条件下，亨利八世于1536年和1539年解散修道院，将其土地和财产收走。
[2] 马克斯·胡珀（Max Hooper）博士和同事们开创了对树篱的科学研究，在此之前，人们普遍认为树篱的中生长的树种取决于土壤、气候以及前人管理情况等因素，但胡珀对树篱进行详细的调查研究，发现树种与树篱年龄存在相关性。

地分隔开；而同一时期挖掘的排水沟又能够保证最远处的那片土地排水顺畅。更重要的是，把下草地隔开还能够有效防止春夏季牲畜啃食这片更为干燥的优质草地。

他把这片地完全改造成了干草场。

当然，搜索被人遗忘的文件也是有风险的，就像翻别人的日记一样。或许会翻出自己无意于了解的事情。翻阅一本关于赫里福德郡的书时，我发现西缘紧邻威尔士的这一片，年降水量达30～40英寸。有意思的是，在同一个书架上，我竟然发现了爷爷学校的历史，他就读的那所学校正好位于英格兰和威尔士的界线上。18世纪，这所学校会在伦敦登广告，吸引男生来上学——让学生在赫里福德郡边界线温和而健康的气候中学习拉丁语和希腊语。

我差点儿笑出声。

外面依旧大雨倾盆，晚上图书馆要关门了。我套上巴伯夹克衫，拉上所有拉链，扣上所有扣子，深一脚、浅一脚地向下草地走去，水花溅到了肩上。这片地的黏土基底又浸透了水，表面积水足有半英寸。天黑了，一月山谷的黯淡雨夜，独一无二的漆黑。厚重的地窖黑。我看不见地表的积水。我只能通过威灵顿靴溅水的程度来判断水到底多深。

# 1月
January

**1月24日** 与其他鸟类比起来,翠鸟对草地的依赖程度最弱,五年来我从未见它偏离河床飞行,这是翠鸟唯一的路线。但它常常出现在这片地里,出现在我的视线里,霓虹般的青绿色熠熠生辉,在大气中一闪而过,留下缓缓消逝的珠光。放射性粒子衰变。

翠鸟来了,落在完美的平面上,正好悬停于河面和天空中间。

这就是神话中的翡翠小鸟,据说它在海上产卵,大海因此恢复平静。于是,一些诗人和莎士比亚笔下便有了"翡翠鸟年代"[1]一说。有人认为,翠鸟既能预报天气,也能决定天气:据传,翠鸟死后若是悬挂起来,喙转向风,好像彩色的风向标。

草地既是风景,也是声景。无意间,偶尔能听到翠鸟的"嗞嗞"声。

我在岬角,桤木的圆木干上有层太妃色的毛柄冬菇蔓延开来。Flammulina velutipes[2]是少数能在冬日里生长的蘑菇品

---

1 Halcyon days,指太平盛世。
2 毛柄冬菇拉丁学名。

种之一，也可食用。日本有一道美食，叫 Enokitake，就是用毛柄冬菇做的[1]。一截接骨木伸进地里约一臂长，上面长着木耳，论耐寒，也只有它们能和毛柄冬菇媲美了。

**1月26日** 包工头罗伊·普罗伯特开着福特拖拉机来修剪地里的树篱，拖拉机上载着甩刀式割草机，我也跟出去了。树篱应该"亲手"修整，手动修枝盘造型，但这样实在太耗时间，其他事情已经够我忙活了。下草地正在冒水，罗伊只能把拖拉机开进地里的部分区域：树篱才修好一道半，看起来像胡子没刮完。电动修理的树篱不枝不蔓，方方正正。似乎只有蜿蜒盘旋的常青藤才能把灌木联结在一起。未经修剪的树篱上垂着桤木爪子般的柔荑，挂着一串串紫红色的常青藤浆果，呈现出有机的交叉重叠。但修整过的树篱散发出令人迷醉的香气，美得令人心烦意乱。

傍晚的天空，牧羊人心旷神怡。迷你喷气机的尾巴被深红色的光芒照亮，好像有火焰在推动助力。

---

[1] 然而，如今植物学界有研究表明多年来共用拉丁学名的毛柄冬菇和亚洲金针菇不应归为同一物种。

**1月27日** 草地小径边的树篱，雪滴花和多年生山靛冒了出来。明显可以感觉到，白天越来越亮，越来越长。

我爬进小树丛，昏昏沉沉的树林间，狐狸正在翻修洞穴，堆满泥土的主入口附近有挖土的痕迹。除了满地动物残骸（兔子和欧歌鸫），还有另一种冲击力很强的狐狸洞证据：地洞散发着酸溜溜的狐臭味。

此时，狐狸应该已经交配过了。如果受孕成功，雌狐将进入52天左右的妊娠期。赤狐是犬科动物中妊娠期最短的。

我怀疑是狐狸用催眠术把蓝山雀从树上骗下来的。极地般的严寒和紧随其后的雨水，无情地谋杀了无数鸟儿，小树丛还在滴水，地上躺着一只蓝山雀，灰暗叶片中的一抹惊艳。

冬日低斜的阳光穿过榛树射进来，闪闪烁烁。

# February

## 2月

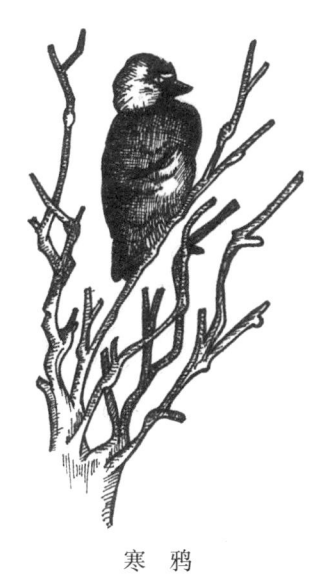

寒鸦

02

**圣烛节，2月2日**　　早上有雾气，单调而乏味，像汗水黏在脸上一样令人生厌。这片地最远那头，有只渡鸦合着单调乏味的拍子呱呱叫，不过我看不见她。她在昏暗的小溪对岸，高栖杉树林枝头，紧紧压在鸟蛋上，已经坚持一周了。渡鸦筑巢早得出名。也许她叫唤是在抱怨大扫除乱扔垃圾的獾：獾的春季大扫除结束了，散发着腐臭气息的苔藓全堆在渡鸦那棵树下。

　　露水被困在数不尽的皿蛛网上，整片地像是覆盖在小块小块的丝绸小茶巾之下，好像小精灵的手帕散落一地。准确来说，散落在赖兰母羊口下留情保住的草地上。

　　在雪白的寂静中，30头雷兰羊出现在我面前。15世纪初，它们的直系祖先塑造了这片土地。雷兰羊与中世纪之前主导英格兰田园的原始羊不同，无论是过去还是现在，它们都是吃完一片草再去下一片，也没有山羊吃一半剩一半、偶尔啃啃树木和灌丛的坏习惯。雷兰羊吃起草来不假思索，毫无分辨之心，恰能抑制长势疯狂的草类，从而也有利于脆弱的草木繁茂生长。下草地这样的英格兰草地之所以有各类花草，原因之一就是选择雷兰羊放牧。下草地仅禾本植物就有许多种：梯牧草、草甸羊茅、鸭茅[1]、大看麦娘[2]、地杨梅、黄花茅、发草、洋狗尾草、草地早熟禾。这些禾本科植物在21世纪算是丰富的组合了，不过在英国疯长的禾本植物有150种。

这30头母羊对我的环境意图一无所知。她们猛吃是因为怀了小羊，现在已经圆滚滚的了。雷兰羊繁殖力很强，皮毛弄湿也没什么影响。有头羊直直地站着，旋着雪花石膏般的躯体，抖抖身上的水，腰腹部闪过一道光圈。

多年来，雷兰羊和我们一家常常会在这样的清晨对视，我们的祖先代代相识。我外祖母所在的帕里家族（Parrys）是艾雅斯莱西（Ewyas Lacy）封地的管理者，帮助羊群繁育——艾雅斯莱西是这片山谷从前的名字。500年前，帕里家族就在布莱克山下的这些草地上繁育放牧雷兰羊。我认为，为伊丽莎白一世献上精致洁白的雷兰羊毛袜的，是表亲布兰奇·帕

---

[1] 又称"鸡脚草""鸡脚茅"等。
[2] 又称"草原看麦娘""狐尾草"等。

里（Blanche Parry），女王为之震撼，贞洁的腿上从此再也不穿其他材料的长袜。布兰奇·帕里侍奉伊丽莎白56年，是她的侍女。也有传说认为，为女王奉上雷兰羊毛袜的，可能是其他在宫廷任职的帕里族人：还有伊丽莎白女王的御用牧师亨利·帕里博士（Dr Henry Parry）、猎手詹姆斯·帕里（James Parry）、宫廷管家托马斯爵士（Sir Thomas）、王室总管室大臣约翰·帕里（John Parry）、首席侍女弗朗西斯（Frances）、侍女凯瑟琳（Katherine）或另一位侍女特洛伊夫人（Lady Troy），也可能是女王的寝宫侍女凯瑟琳（Catherine）；或布兰奇的侄孙，之前提到的那个朝臣罗兰·沃恩，还可能是布兰奇的表亲——女王的御用占星师约翰·迪伊（John Dee）；也可能是布兰奇最为显赫的那位表亲伯利勋爵（Lord Burghley）——他曾担任伊丽莎白的首席大臣，其祖宅Allt-yr-Ynys仍在艾雅斯莱西谷底低地。

这不禁让人感觉，帕里家族在伊丽莎白朝廷有些裙带关系。

我在数绵羊，都在这里，一个不少。该走了。

圣烛节，2月2日，按古老的习俗，这天之后将会"暂停"或"锁上"干草场。这一天，牲口都要赶到别处去。

早有心理准备的雷兰羊不用牧羊犬来赶。我只要扯着绵羊般的声音吼一声"Sheep！"它们就会跟在我后面。巴甫洛夫[1]该在墓里鼓掌了吧。这些绵羊知道，如果我叫它们，那一定有食物。我从不骗它们，等它们穿过河岸地入口，就能在长长的饲料槽里找到甜菜美餐一顿了。

我关上下草地镀锌的栅栏门。这下，牧草可以安心生长了，只待夏日晴好、收割机到来。那时，牧草将被一片片割下，慢慢晒干用作冬日饲料。

草，为我们所有人提供食物。

小时候圣诞节在教堂学过的一句话浮现在我脑海，《以赛亚书40:6-7》："血肉之躯皆如草，他的美皆为地里开出的花：主上吹一口气，草枯，花谢：百姓诚然是草。"

帕里族人不只是皇家仆役。他们还在都铎王朝转向牧羊业这一历史现象中扮演了重要角色，事实证明这非常重要，因为人们发现，牧羊的草地更容易保持肥沃状态。

沿着冬日光秃秃的似沼地树篱漫步，我发现了一只银喉长尾山雀拱形的巢，以苔藓筑成，结构精妙，覆以地衣。它

---

[1] Pavlov（1849—1936），苏联生理学家、心理学家，提出经典条件反射学说。

看起来像一只铜绿色的蛋。也许更像《奥德修斯》中独眼巨人生锈的铜盔。尽管银喉长尾山雀的巢做工精致,却将整个巢牢牢筑在柳树条上了。给它松绑时我尽可能小心,但解开的时候还是蹦出不少东西,鸽毛飘散,像枕头大战。

20世纪的农具古董并不难找。农民往往会把死了或没用的各种东西扔到不碍事的地方,一般就扔在地窖般潮湿的树篱底下。

我用榛树枝在围栏入口附近戳戳捣捣。地里有一群苍头燕雀,孤独地啄食落在草地上的花草或种子。这三对苍头燕雀在这片地的树篱中筑巢,整个冬天都不会走远。随后会有来自斯堪的纳维亚半岛的雌鸟加入,雄鸟留守不来。这种鸟的拉丁名字叫 Fringilla coelebs,coelebs 源自拉丁文里的"单身汉"一词,由林奈[1]命名——他在故土瑞典只能看到雄鸟,北方繁殖地的雌鸟早已南飞。苍头燕雀源自林地,树篱其实不就是排成一行的小树丛吗?

在苔藓和层层腐叶下寻寻觅觅不到两分钟,我就捡到了第一样宝——一条长长的金属带,虽然它已在时光中消磨黯淡,却算不上古老,上面"麦西弗格森"(Massey Ferguson)

---

[1] 卡尔·林奈(Carl Linnaeus, 1707—1778),瑞典博物学家,最早阐述动植物的命名和分类原则,创立双名命名法,现代生物分类学之父。——编者

的红色油漆还没完全剥落。这种玩意我之前找到不少，一眼就能认出来。这是20世纪70年代牧草压捆机传动装置的防护罩。

我弯腰在残叶中戳戳捣捣，棍子戳到了一种墓地般的阴暗标记：一只空空的棕色苹果酒大肚酒瓶出现了。上面写着"布尔默的强弓苹果酒（Strongbow），拾到请归还。"附近还有一个，跟这个差不多。接着又挖到一个骨白色的陶制烟斗柄。

这是树篱西边的阴凉地。我们备干草时也在这里吃午餐、休息。我们一直坐在世世代代农民的影子里，阳光底下没什么新鲜事儿了。

这片地今天心情不好。阴郁。沉闷。河岸桤木变成了令人不寒而栗的紫色，杂乱一片。没什么可看的，只有三只白鹡鸰。连这都成了小小的欢乐之源，目之所及，它们是仅有的活物。

当然，阴郁的是我。这片地是天气和人类情绪的一面镜子。

**2月9日**　蓝山雀在午后的阳光里吹口哨，听起来像嘎吱作响的跷跷板。榛树柔荑蓬松成一团。摇蚊在金色的地里胡乱飞舞，完美地演示了布朗运动[1]。

夜里，我拿着大电筒往地里照去，照出一双双粉红的兔子眼睛，兔子们在林子农场排水沟附近用餐。它们没怎么受我干扰，其中一只正在用下巴蹭地，用下颌底下的气味腺占地盘，宣示"我的我的"：二月是兔子交配的时候。

但岸边兔子窝的成员一直不多，从里面冒出来的成年兔子，我见过的不到7只。这窝兔子低人一等，是被驱逐的贱民，居然还傻到在邻近小树丛狐狸窝的地方挖洞——仅50码之隔。

兔子和通衢大道、中央供暖还有梨树一样，都是跟着罗马人一起来的，此后它们一直在英国乡间大吃特吃。为了减少兔子数量，英国曾引入黏液瘤病——20世纪50年代，兔子多达5000万只。这种病依然局部存在，感染后兔子跟跟跄跄，眼睛发肿流血，看似埃德加·爱伦·坡[2]想象出来的。

但在林子农场河岸那边，兔子们优胜劣汰的主导因素并非"黏液瘤"，而是天敌和天气。

---

[1] 物理现象，悬浮在液体或气体中的微小颗粒永不停息地做无规则运动。
[2] Edgar Allan Poe（1809—1849），美国诗人、小说家、文学评论家，恐怖小说为其擅长题材之一。

**2月13日**　清晨飘了一阵雪。

一只渡鸦飞过，发出低沉的呱呱声。渡鸦翼幅5英尺[1]，它们的哥特式阴影总是让整片土地为之战栗。穿过小树丛时，一只松鸦在林间冲我尖叫。[我跳了起来，这印证了乔叟《律师的故事》(The Man of Law's Tale)中的那句话，"你们的尖叫像松鸦"。]一只鹪鹩开始断断续续地发出警报，颤动的"唧咯"声从坚硬的秃树枝上传来。

我看着它飞进树篱的大片冬青中，好在里面挡风避雨。另一只满怀感激的鹪鹩也加入其中。又来一只。它们挤在一起，抱团取暖。

**2月14日**　情人节。乔弗里·乔叟坚信这是鸟儿们订婚的日子。在创作于约1381年的《众鸟之会》(Parlement of Foules)中，他幻想鸟儿们在充满爱意的这一天遇见伴侣，而大自然：

---

[1] 1英尺约为0.3米。

这位女皇典雅高贵，
请每只鸟儿各就各位，
按照去年情人节的位置落座
齐聚一堂……

世间各类禽鸟，
大大小小，披着羽毛
纷纷坐好，
来到高贵的女神面前，
把自己尽情展现，
承蒙恩赐，
择其佳偶。

  林中两只斑尾林鸽好像得到了信号，振翅高飞，然后像纸飞机那样滑翔下来。这是它们求偶的飞行。它们重复四次，翅膀上的那一抹白在翻滚的黑云中像一道闪电。

  草坪，不过是被囚禁的草地。19世纪，英国人离开土地去工厂和城镇工作，不忍离开土地，于是就发明了一片模拟绿地置于屋后。

不过,现代草坪在野生动植物保护方面价值甚微。大多只能算得上浸泡在化学药水中的绿色荒漠,仅有一两种禾本植物,夏天还要呆板地一周修剪一次。但中世纪时,草坪更像草地,是"鲜花盛开的草地",各种香气四溢的野花绽放,还有香草与禾本植物。

这些美妙的半野生草坪是中世纪日常生活的一部分,可以在上面散步、舞蹈,也可以坐下休息,充分发挥作用。在难觅私密空间的别墅和城堡中,草坪也是爱侣们享受二人世界的好地方:

他用美丽的鲜花,铺了张柔软的床。心知肚明的人儿看到,都要会心一笑,玫瑰花低头,嘀哩嘀哩!我就要在这里躺。

若是有人知道,他怎样躺我身旁(老天啊千万不要),我要多羞恼。这样的好时光,只有我俩知道,还有一只小小鸟,嘀哩嘀哩!小鸟一定会保密。

瓦尔特·冯·德尔·福格尔魏德[1](约1170—约1230)

---

[1] Walther von der Vogelweide,中世纪高地德语抒情诗人。

在开满鲜花的草地上，花朵不仅具有美感，也富于象征意义。黄花九轮草是圣母玛利亚的钥匙，雏菊是纯洁的象征，勿忘我是圣母玛利亚的眼睛，毛地黄是圣母玛利亚的手套。

不过我得承认：下草地现在没什么景致。花期最早的花朵还没露面。除了秋季有马粪施肥的草丛略微茂盛，其他地方都稀稀疏疏的。连绵羊都会对有马粪的草丛嗤之以鼻。这片地现在只是微微泛绿，绿意并不明显。如果这也算绿的话。草粗粗短短，被羊蹄子带来的泥土弄脏了，还有鼹鼠丘和成堆的马粪，不知道为什么没有在天气作用下分解平整。草地上，太阳像耀眼的聚光灯。土里萌生的每根草叶都清晰可见，这是地球毛囊里的一根根汗毛。大部分草叶还不足3.25厘米长，而且看起来都差不多。这个季节，很难区分草的不同品种。可为什么有些草叶会在微风抚动下摇晃颤抖，有的却不会呢？

若想看清初生毛茛那茶巾似的小叶片、苜蓿的小梅花叶片还有酸模属植物和荨麻的小盾牌，需要费一番功夫。山谷中的田地已变成荧光绿，平整如桌面。这片地施了氮肥——无论你对人工施肥有多大意见，它的确能帮你收获一片养眼的绿。

我整个早上都在"拾粪"，这是养马者爱说的委婉语——把过剩的马粪铲到拖拉机后面，扔进粪肥堆。

一群零零散散的寒鸦在碧空中玩着自己发明的游戏。斑点疆南星小小的矛尖已穿破泥土,见到光明的世界。

**2月15日** 早上6:45,黎明大合唱开始。鸫鸟放声高歌,小特里兰登那边的寒鸦伴奏。

然后雨来了,伴着大风。美妙的骤雨之歌。田地一片寂寥,不见一只飞禽走兽。艾斯克利河夜间咆哮。

**2月17日** 艾斯克利河现在稍稍平静,灌木丛下的河岸,近期河水肆虐,河鼠[1]的地道被残忍地翻出来了。河流末端较长的支流,水底淤泥、水草和残叶都被冲走,露出亮闪闪的粉绿色基岩。深吸一口气,可以闻到水面上纯净、沁人心脾的氧气。

一只心不在焉的雄乌鸫鸟,翻开剩下的榛树叶子找寻食物。

一只孤独的雄雉在采石场树林(Quarry Wood)的桤木中呱呱叫。夜幕苍穹没有一丝云彩,默林山周围氤氲着一层玫瑰色光辉。

---

[1] 即"水獭"。

**2月19日**　晚上开完弗蕾达的家长会后驾车回家,奥迪的前灯照亮了车道上零零散散的苍白叶片。不过,这些不是叶片,数百只青蛙正在默默地注视着我,这是它们白色的脖颈。开往农场的小径也有一些晕晕乎乎的两栖动物。潘妮小心翼翼绕开路面的坑洞和青蛙,往下开400码,用了五分钟。尽管如此,轧到一些两栖动物还是在所难免。

已经抵达房子这边的青蛙,距离下草地那片它们世世代代繁衍的沟塘还有300码。

**2月22日**　夜晚,下草地的排水沟发出大炼钢铁的动静,弄出这么大声响的,是正在交配的青蛙。

**2月23日**　蟾蜍也在往祖先的产卵地赶路。

在《蟾蜍随感》(*Some Thoughts on the Common Toad*)中,

乔治·奥威尔[1]将土壤中的 Bufo bufo 开始战栗或感受到升温从冬眠中醒来视为最迷人的开春信号，他说的就是青蛙的亲戚蟾蜍。他说，蟾蜍和云雀或报春花不同，"很少被诗人吹捧，加之禁食让它们看起来'很有灵性'，就像大斋期快结束时的高教会派教徒[2]"。不知道是因为意志坚定还是昏头昏脑，蟾蜍爬向产卵地时比青蛙更不知死活。

清晨，车道上每隔一码都有一具蟾蜍尸体，疙疙瘩瘩，被轧扁了。但只要远离车辆，蟾蜍的存活概率还是很高的，它们的皮肤会分泌出蟾蜍毒素，恐吓捕猎者。

一群幸存的蟾蜍一往无前、目标坚定地向河岸地尽头的浅水塘进军。它们非常傲慢，不甘与下草地的青蛙和蝾螈共用排水沟。

晚上，我小心翼翼地走进草中湿漉漉的洼地。打开电筒，到处是一群群游荡的蟾蜍。蟾蜍交配毫无趣味性可言：雄性蟾蜍疯狂地纠缠在一起，至少有五只在争一只雌性，这就是所谓的"交配舞会"，还有一打跨坐在一块石头上。我把一根木棒伸进水中，一只蟾蜍打个趔趄趴上去，一把抱住，我

---

[1] George Orwell（1903—1950），英国著名讽刺小说家，著有《动物农场》和《1984》等。
[2] 大斋期（Lent）为基督教中复活节前的斋戒、忏悔节期。高教会为英国新教圣公会派别之一，在教义和礼仪等方面主张严守传统。

抬起来的时候它也不肯松开。

第二天早上,水中出现两只雌性蟾蜍的尸体,是在疯狂的交配中淹死的。

交配成功的蟾蜍产下了一串串黑色的卵,外面好像裹着凝胶。

乔治·奥威尔描写自然的作品被低估了,如果你留心就会发现,比如《上来透口气》(Coming up for Air)中对林地植物的描述细致入微。他论春天民主性的见解十分精辟:

> 关键在于,春天的乐趣人人皆可享受,不用花一分钱。就连最肮脏的街道都会发出某种形式的春日信号,哪怕只是烟囱之间一抹更明亮的蓝,或是杂乱中伸出一根鲜绿的接骨木嫩枝。

田地在自然界中的前身是林间空地和长满草的山地,但它依然算不上原生自然环境。它是人类以天然材料为基础打造出来的。

如何打造一片草地：最初的田地是借助石斧伐木、放火烧树或环割树皮让树木慢慢死去形成的。新石器时代，在这片长满栎树的山谷中，农民同其他地方的一样，通常会选取地势较高处（这是大约在公元前一万年冰川时代末期冰层退去后野生树林最少的地方）或树木倒下后露出的林间空地打造草地。但石器时代的农民是游牧者，一见原始牛群和羊群啃完草地，就会把它们赶向别处。

这里还有一些树木还在为退耕还林而不懈努力，草地中长出黑刺李和山楂树的芽尖，果核和坚果像第五纵队[1]那样落进泥土里。

两万年来，这座偏僻的山谷没怎么变。不过，罗马人在朗敦（Longtown）筑堡垒，将这片山谷划入自己的势力范围，这里有三条河并流——奥尔琼（Olchon）、曼诺（Monnow）和艾斯克利，像一把三叉戟，沿岸的桤木或许被他们砍了。1086年，这片山谷出现在文献中，《末日审判书》（*Domesday Book*，即《土地调查清册》）[2]中有一条简短的记载："罗杰·莱

---

1 指1936—1939年西班牙内战时期隐藏在共和国内部的间谍和破坏分子等。
2 1085年，威廉一世下令对英格兰土地、财产和人口进行全面调查，次年成书。

西在艾维尔斯（Ewias）还有一片地叫朗敦。这片地既不属于城堡主，也不属于百户邑[1]。来人调查时，罗杰在这片地收获了15罐蜂蜜、15头猪。"

换言之，这片栎树林中奔跑的猪，曾是河谷中最主要的农业支柱产业。

确定这片地的年龄并非难事，至少可以判断开垦时间，按照胡珀的公式计算，将这片地与毗邻林子农场分开的树篱已经600岁了，同河岸边的小树丛一样。200年来，这片地都曾属于大片空间的一部分，后来再次被隔开，似沼地树篱也有350岁了。令人费解的是，枯瘦的北树篱仅百岁而已。

和人一样，动物对田地也有塑造作用：中世纪农民的绵羊和牛群阻止这片地自主退耕还林。牲畜粪便也让土地更加肥沃。

**2月24日** 最早一簇青蛙卵产在"蝾螈沟"，这是我们给下草地小水塘取的名字。

---

[1] 英国旧时郡以下的行政单位。

能孵化且幸存的蝌蚪不多。苍鹭和狐狸等捕食者都知道这里。

青蛙卵的倒霉日子很快就来了。27日晚某一刻，一只狐狸将一团斑斑点点、墙纸胶似的东西拖到岸上。是青蛙卵。不过，还剩下很多团呢——34团，凝结成整块了——总有青蛙会躲过捕食者呱呱坠地。

冬日，草地似乎凝滞了。但那时空空如也的草地，始终在等待，始终令人期待。一片树林总是我行我素，自然生长。

# March

3月

獾

03

**3月5日** 所有鸟儿都亮出歌喉。一只啄木鸟在谷底那棵死去的榆木上咚咚敲着,像是被拴在弹簧上一样。一只云雀在草地上空振翅高飞,唱起本年度第一支领土保卫之歌,像一只看不清线的风筝飘在空中。

**3月6日** 一只普通鵟从我头顶飞过,嘴里叼着一根小树枝。

雪又来了,从北方平移过来,冷得刺骨,一道道,躺在山体红色的帚石南头发上。即便是在树篱下面,也只有多年生山靛乐意开花,整片地又一次陷入冬眠。

不尽然如此。獾一直在挖多年生山靛的根,饿的时候还想方设法闯兔子窝,抓小兔子。

日暮时分，我站在地里，听风匆匆掠过白色的大地。

**3月9日**　第一批欧报春绽放，透过积雪冒出来，盛开在林子农场排水沟边上，格外迷人，点亮白昼渐长的烽火。

欧洲报春花（学名：Primula vulgaris）是草地中开花最早的植物。今天这种感觉我很清楚，像初春，能嗅出来。树篱之下，羊角芹和荨麻冒出来了。

但除了我的鼻子，还有其他更可靠的报春信号。

从古时候起，人们就开始将鼹鼠人格化。生性刚毅的新教支持者威廉三世（Protestant William III）在汉普顿宫（Hampton Court）骑马，被鼹鼠丘绊倒，从马背上摔下来，锁骨折断，三周后（1702年2月）去世。支持天主教的詹姆斯二世拥护者们心情大好，举杯向"身穿黑色天鹅绒的小绅士"致敬。除了《柳林风声》（*The Wind in the Willows*）作者肯尼斯·格雷厄姆（Kenneth Grahame）和《小鼹鼠莫尔迪·沃普》

（ *Moldy Warp, the Mole* ）的作者艾莉森·厄特利[1]，还有不少童书作者难以抗拒将鼹鼠（欧鼹，学名：*Talpa europaea*）人格化的诱惑。厄特利小鼹鼠的名字莫尔迪·沃普源自moldwerp一词，是这种小动物古老的撒克逊语称呼，意为"搬土的"。鼹鼠的确会搬土，每小时搬运约10千克。鼹鼠会把弃土从与地面相通的垂直通道推出来，形成我们熟悉的鼹鼠丘。（那部分并非完全垂直：呈45°角，像那种按矿体走向布置、不直通地面的矿井巷道。）鼹鼠会学斯达汉诺夫[2]，一口气挖4小时——我也忍不住将鼹鼠拟人了。

故事书里可没写过鼹鼠无比贪婪的一面，它会沿着自己的地道挖啊挖，把不幸掉进地道的蚯蚓、小虫或昆虫幼虫吃掉。鼹鼠的地道一点儿都不可爱。这是一个巨大的管道式陷阱。穿着烟黑色天鹅绒的小绅士吃起东西来十分残暴，先咬掉蚯蚓的脑袋，再用爪子挤出上面残留的泥巴，最后像吃意大利面一样吸进嘴里。如果有多余的，就放进储藏室。蚯蚓脑袋没了，鼹鼠口水中的毒素又让它们瘫痪了，活着，却动弹不得。

---

[1] Alison Uttley（1844—1976），英国女作家，创作了很多以动物为主角的故事，除这只小鼹鼠外，还创造了小灰兔、小红狐等形象。
[2] Stakhanovite（1906—1977），苏联矿工，"斯达汉诺夫运动"的创始人，高效生产模范。

两年前在这片地里为新门柱打桩孔时,我挖到一个洞。铁铲向红色黏土挖下去——红土非常黏稠,鼹鼠洞四壁却闪亮光滑——里面是一间约 2 英尺深的恐怖密室:鼹鼠的食品储藏间,其中有数百条歪歪扭扭的蚯蚓。那会儿天气干燥,我猜,准备这个肉类储藏室是保险起见,免得蚯蚓钻得太深挖不到。

一些蚯蚓已经死了。你以为田地是个生机盎然的地方?的确如此。但它也是一座巨大的坟场。我在地里埋过死绵羊,给栅栏柱子打桩孔时,也发现从前有人这么做过。此外,还有死在洞穴里的动物。

这片边缘地带,见证了数千年来入侵者和当地人、主人和盗贼之间的争执冲突,这片草地或许也是见证者。(要想痛痛快快打一架,就需要一定空间,所以这片地也曾是"战地"。)撒克逊人最初放弃了对东边 6 英里的控制,但 743 年时却又将朗敦大大小小的房屋尽数烧毁,10 世纪时他们继续扩张领地,越过了奥法堤(Offa's Dyke)。915 年,维京人入侵这片山谷。1055 年,维京人和威尔士亲王卢埃林·埃普·格鲁福德[1]带领威尔士人杀了过来。诺曼人花了三年时间才让

---

[1] Llywelyn Ap Gruffudd,威尔士亲王,曾试图率军将英格兰人赶出威尔士,但他死后威尔士完全落入英格兰统治。

这片区域的麦西亚国王艾德里克（Edric）臣服，随后将这片不宁之地分给沃尔特·德·莱西（Walter de Lacy）——艾雅斯莱西因此得名，后又因纵向沿街定居的独特风格被称为朗敦[1]。德·莱西及其继承者建造的城堡是90处所谓的边界贵族领地之一，旨在守卫边界，但成效并不显著，这座山谷已经成了"威尔士人顺手牵羊"的代名词。

那些年代的记忆依旧停留在人们心中。从克罗多克（Clodock）教堂打满钉子的栎树大门到结实的栅栏，所有牢固的建筑仍会因为"抵挡威尔士人"广受赞誉。依照法律，在赫里福德郡教堂辖区内，依然允许使用弓箭射威尔士人。

威尔士人的偷窃问题持续数百年，随后由于边界一片被划入英格兰辖区，人类暴力减少。但流血冲突还没彻底结束。英国内战期间，一支苏格兰议会军在当地驻扎，随后围攻赫里福德郡。[帕里家族居然是克伦威尔（Cromwell）的坚定支持者，这在赫里福德郡的家族中十分罕见，家族一成员还在新模范军[2]中升至骑兵上校。]

荒凉的十一月，还能不时听到争斗的厮杀声，听到马蹄踏过艾斯克利河的鹅卵石的声音。这些战死者葬于何地？可

---

1 Longtown，字面意思即"长镇"。
2 1645年英国资产阶级革命时期改组后的国会军，受克伦威尔领导。

能就在溪边的这片地吧,这里的黏土更好挖,难以穿透的砂岩比墓底还要深。

温文尔雅的英格兰田园,处处是动物和人的青冢。

在这血色土壤中,当代"小矿工"要开始欢快地劳作了。地势较高处约有四分之一英亩都是土堆,我想起了诗人柯珀[1]关于鼹鼠在一片地里横行的诗句,在那片地:

每走一步
我们的脚都会陷进又绿又软的小丘
这是鼹鼠堆的。

我小心翼翼地踮起脚尖,向一只正在挖洞的鼹鼠靠近,离它不出10英尺。泥土从土堆中心飞出来,像火山喷发。小时候在祖父母家果园里,我曾趴在地上偷听鼹鼠跑。耳朵贴地趴一小会儿,就能心满意足地听到小爪子一阵疾跑,远处还会传来吱吱声。今天,我不时会看见那些小爪子从洞里推出一堆堆泥土。硕大的鼹鼠四肢舒展,粉色的皮肤有点儿像人类,指甲却像万圣节女巫。小爪子出现后,躁动不安、肉

---

[1] William Cowper(1731—1800),英国诗人,浪漫主义先驱之一,以自然诗著称。

嘟嘟的吻鼻也跟着露出地面。这只也许是雄鼹鼠。他偏要挖出一条直线，真是强迫症患者。小家伙刨起的土堆笔直通往田地中心。这股疯狂劲儿有着强大的技术支持，他挖洞的路线与排水沟渗入地里的路线完全平行。打洞位置选得恰到好处，土壤松软且富于延展性，却也没有湿得让地洞漫水。三月，繁殖季节伊始，这只鼹鼠正在使劲儿挖地道。该找对象了。鼹鼠繁殖期为三至五月之间，雌性发情吸引雄性，信息激素分泌有赖于日照时间增长或泥土温度上升。鼹鼠妊娠期为42天，随后，3至6只光秃秃的鼹鼠宝宝会在铺草的小窝里降生。

交配后，雄性会继续寻找尚未交配的雌性。要是在自家地道与其他鼹鼠小伙儿狭路相逢，他们就会像角斗士一样大打出手。地上地下，暴力纷争在所难免。

说实话，我观察鼹鼠，是因为这比我原本计划在地里做的工作要容易一点，我要做的事情连西西弗斯都得抱怨。我想铲平一些鼹鼠丘，避免收割干草时混进草里，污染干草。

我当然可以直接给捉鼹鼠的打电话，但我还真的挺喜欢鼹鼠，也坚信他们会为土地的排水通风做出贡献。撇开高尚的精神层面不谈，我其实在想，要是抓走一只，只会再来一只接管领土。

自2006年禁止使用士的宁灭鼹后，传统的捕鼹鼠人又回来了。有一个就来过这里，亮闪闪的黑色梅赛德斯货车也无法掩饰他莎士比亚台词般的狂野：他是杀鼹鼠的，他操着一口浓重的威尔士乡音告诉我，用橡木棍子打，晾干的皮毛卖给用假蝇钓鱼的人做绳结，50便士。所以说，这行当跟20世纪20年代还是不一样的，那时抓鼹鼠的穿鼹鼠皮马裤，每年会有1200万张鼹鼠皮运到美国做高档服装。

我没告诉这个开着职业杀手货车的捕鼹鼠人，我总会把抓鼹鼠的和《万能飞天车》里抓小孩的家伙混为一谈，我没救了。我也没告诉他，一提起他的职业，我就能联想到英国田园诗里面最恐怖的四句：

> 我看见小鼹鼠在风中飘荡
> 挂在地里仅存的那棵老柳树上
> 大自然掩面，不忍看它们被束缚
> 不忍看它们沉默倾吐怨诉

约翰·克莱尔在《追忆》（*Remembrances*）一诗中，直接将设陷阱捕鼹与英格兰乡村穷苦人民被缚于土地之上做了类比。

我知道我为何同情鼹鼠。

不过，我们去哪儿请抓鼹鼠的？我们有杰克罗素梗史努

3 月
March

比呢。史努比给拉布拉多和博德猎狐犬做培训,然后一起挖鼹鼠。当然,他们一出手,对草地的伤害远大于鼹鼠。有时,狗狗们会把死鼹鼠带回来当礼物,看起来像一个个小包裹,黑色天鹅绒里裹着一小团肌肉。

我继续推鼹鼠丘。走进地里,两只加拿大黑雁从我头顶飞过,听到它们圆润的嗓音,远处冷杉树上的渡鸦糊里糊涂地回应了起来。地里有只小小的普通𫛭,它对细雨满不在乎,这是去年夏天孵出来的一只。强大的普通𫛭竟堕落到这个地步。他或她正在吃蚯蚓。以如此低等的生物为食,普通𫛭不太愉快,我觉得这么说绝非只是人类思维的臆断——它这顿吃得简直和鼹鼠差不多。吞啊吞,吞啊吞,快快跑,下一条。吞啊吞,吞啊吞。四周望。快快跑。吞啊吞,吞啊吞。论用餐方式,它不像猛禽,更像火鸡。但鸟不可貌相,普通𫛭胸口长着条纹,像鸫鸟一样,但胸腔里的肠子却要以猛禽的标准去衡量,长度非同小可。这意味着Buteo buteo[1]能够从小口

---

1 普通𫛭的拉丁学名。

进食中汲取大量养分,吃蚯蚓正是如此。

据说,普通鵟和凤头麦鸡一样,会在地里跳摇摆舞,这招数让它们的脚步声听起来像下雨。于是呆头呆脑的蚯蚓便会钻出土表,被"跳舞鹰"吃掉。不过,我只看到采石场又飞出两只普通鵟,弓着腰来地里吃蚯蚓。

普通鵟的群量词是 a wake[1],我觉得很合适。

**3月13日** 排水沟里的青蛙卵开始慢慢孵化成蝌蚪。除了 tadpole,蝌蚪还有个说法是 polliwog。幼虫阶段的后一称呼源自中古英语 polwygle,含表示"脑袋"的 pol 以及意为"摆动"的 wiglen——用来描述这些卵生的小家伙着实传神。

赫里福德郡的红土,和大海一样泛着不同的色彩。在排水沟岸边和树篱下草地比较干燥的地方,是清蒸三文鱼的粉色;而在充满活力、振奋人心的下午,空气中弥漫着玫瑰色的薄雾,活泼的鼹鼠丘则是浆果紫,好像泥土浸在了果汁里一样。

依旧寒冷刺骨,但气温一定在向6摄氏度左右回升,只

---

[1] wake 有"守灵"之意。

有这样草才会"破土而出",才会疯长。

减法也是报春的一部分:除了出现的春景,还有消失的冬景。夜间田鸫南飞,约翰·克莱尔描述这种鸟儿:

乘着冬日令人战栗的翅膀飞来飞去
与春日似乎毫无共同言语。

从现在起直至十月,这片草地的颜色将经历千变万化。3月11日,再来一层雪,也掩不住小树丛中冒出来的五叶银莲花,此花只应天上有。降雪也掩不住从地里勇猛钻出来的三棵蒲公英。三天后,一只红尾熊蜂(学名:*Bombus pratorum*)飞到草尖那么高,在日渐增多的蒲公英之间穿梭。我跟着追过去,它消失在似沼地树篱中的老鼠洞里,钻进杂树叶子、小树枝、黑羊毛还有多年生山靛笔直的一片绿中。红尾熊蜂的绒毛相当于皮毛,因此得以在其他有翼昆虫冻得无法飞行时展翅飞翔。

黑刺李花骨朵稳坐枝头,含苞待放,绕在耶稣头上的荆棘[1]依然可以看见,让人不觉心寒。

---

1 在基督教的《圣经》中,耶稣受难前被士兵羞辱戴上荆棘冠冕。

下草地与我们的房子仅400码之隔，不过，我大概有一周没去了。我把目光锁定在屋前小围场上，这里聚了60头临产的母羊。

产羔只有两种情况：要么无比顺利，要么让人头疼不已。今年，我伸手触摸母羊子宫位置次数过多，羊不舒服，我也不舒服。我搭好了L形的干草包和瓦楞铁棚子，为母羊阻挡暴雨。有一种时刻我也很喜欢在干草包或瓦楞铁棚子里面待着：早上五点迷迷糊糊地起来（这是绵羊最喜欢产羔的时刻，经验之谈），争分夺秒抢救小羊羔，想方设法分辨母羊肚子里一条条瘦骨嶙峋的小腿分别属于哪头小羊。解开，摆正，浑身裹着黏液的雷兰羊羔出现了，黏液要用稻草或抹布擦掉。如果它们不抬头咩咩叫……我便匆忙揉搓一阵，向它们鼻孔里吹气，通过红色的胃管输羊初乳，在悬挂的脐带上喷紫药水。

我们的羊都有自己的名字，帮助我们大致记忆颜色、类型和生日，还有些名字是我们想象的性格描述——也许属实，也许纯属虚构——有些则是根据小羊羔特征命名的：巧克力、煤灰、小瀑布、蹦塑料片、黄油甜饼干、羊毛开衫、跳跳

（显然啊）、情人节、苔丝……来和我们一起生活，就给你取个名字。

最弱的幼崽一出生就死了，还有一头出生几小时后死了。我闭上眼睛，悼念这两个夭折的小生命。没什么比初生的羊羔更纯洁了，用小羊羔作为耶稣的象征情有可原。上帝的羔羊。

设得兰与赫布里底母羊的生产过程全部都像原始羊那样顺利，卷毛的小黑羊很机灵，生下来几分钟就可以走路了。不，令人精疲力竭的不是生产过程，而是母羊做母亲时的不靠谱。

晚上，有什么东西进了小围场，母羊和小羊羔们说胡话似的咩咩叫。不出几分钟，我就打着电筒出去了。惹事的家伙已经离开。一头才生完小羊的赫布里底母羊跑了，抛弃了一对双胞胎，我钻进灰暗的夜色，想方设法让她回到孩子身边，好容易才把她捉住，牢牢关起来，让她转不了身，接着把小羊羔放过去喝奶，可她只是在小羊羔身上跳来跳去，为了保住小羊的命，我放她走了，然后用瓶子喂奶。

我把小羊带回客厅放在狗笼子里面养。用瓶子喂奶驯服小羊并非坏事，长大后它们会主动来吃东西。这样羊群其他成员就会跟来了。

**3月21日**　大雨。房子地(House Field)的马匹背雨而立,绵羊和小羊羔要么在树篱下面,要么紧紧靠着草垛。红尾熊蜂该为霸占来的老鼠洞沾沾自喜了。在下草地的榛树上,我看见一小群孤单的白眉歌鸫——那种眉毛上有迷人米色、体侧是橙色的鸫鸟。我一靠近,它们集体起飞,左摇右晃,好像喝多了似的。

白眉歌鸫只停留一天。23号晚上数绵羊时,我听见它们在星空中"叽叽"叫。次日,农场上便没有白眉歌鸫了,它们已经北飞,向斯堪的纳维亚的家乡飞去。

产羔结束后,我们去伦敦拜访亲戚,借住一晚。一回来,清新寒冷的空气就让我觉得神清气爽,矿泉水的滋味比带着氯气的自来水好多了。

还有大地的祝福。在令人欢欣鼓舞的阳光中,我采摘蒲公英酿酒,农家自酿。蒲公英比向日葵更爱太阳,不仅向阳,还会跟着太阳走。它们是迷你版核反应堆。

法国人坚持喊蒲公英pissenlit绝非异想天开，因为这种植物的确有利尿功能。小时候，我觉得蒲公英就是"时钟"，吹蒲公英就能知道时间、预测未来。从某种程度上来说，蒲公英确实可以报时：和纤弱的白色五叶银莲花一样，它们晚上也会合起来。

蒲公英并非一直被视作野草。维多利亚时代，人们在自家花园里种蒲公英，贵族把它们夹在精致的三明治里食用。

蒲公英合起，夜之寂静降临。

一只狗在山谷某处吠叫，另一只也跟着叫了起来，接着又来了一只。犬吠从克罗多克开始，发生连锁反应，直到迈克尔彻奇艾斯克利（Michaelchurch Escley）。也许他们都在看《101忠狗》（*101 Dalmatians*）。

**3月25日**　这片地周围的树篱中，第一批黑刺李花苞舒展成了精致的白水晶花瓣。可就连这如诗如画的背景也无法让人忽视占据舞台中心的小雨。这雨渗入每寸土地，渗入一切。我在树篱下坐了一个小时，不时擦望远镜。我在观察一只雄鹪鹩，他在似沼地的树篱做窝，衔了一根根草飞进去，落在柳枝上，傲慢地翘翘尾巴——这个动作非常典型。然后他拍拍翅膀飞走了。尽管此时树篱叶片还不多，稀稀落落，但在季节更替以及修剪树篱时落下的枯枝败叶可以为他盖的房子遮风避雨。他也可以再搭几处窝，炫耀给任何一位进入他领地的女士看。如果雌性喜欢某一间，就会搬进去、装点家居，为他生儿育女，就像那种去看英超联赛找对象的女子一样肤浅。

不过你要明白，雄鸟也不是什么道德模范。等他安置好一位女士，又会想方设法勾引下一位去其他空巢为他繁衍后代。此后，雄鸟会在不同家庭之间穿梭，像是20世纪30年代惊悚片中犯重婚罪的旅行推销员一样。

鹪鹩的英文词wren源自盎格鲁-撒克逊词wroenno，意为"好色之徒"：这个盎格鲁-撒克逊词语同表示"未经阉割"的丹麦语单词vrensk有关。鹪鹩属的拉丁学名Troglodytes就没那么有趣了，通常被译为"穴居鸟"。用"跳洞鸟"（hole-plunger：trogle为hole，duo为plunge in）来描述鬼鬼祟祟的小鹪鹩倒是更加传神。

怪得很，这种除了好色别无他害的小鸟十分遭人记恨。在爱尔兰部分地区，猎杀鹪鹩的传统尚在。十二月，一群男孩会去乡下捕捉或杀死一只鹪鹩，在全村四处游行，边走边唱：

## 3月
## March

> 鹪鹩，鹪鹩，鸟中之王，
> 圣司提反日在金雀花丛中被我们抓个正着；
> 来啊给我们祝酒，或来一块蛋糕，
> 给个铜板也可以，行行好。

迫害鹪鹩似乎是因为这种鸟儿在基督徒圣司提反企图越狱时惊醒了守卫。关于这种鸟儿不合时宜发出警报的传说还有不少。相传17世纪时，这种鸟在一面鼓上蹦蹦跳跳，引得克伦威尔发现了爱尔兰人的偷袭计划。这种鸟在德文郡的名字是crackil或crackadee[1]，即源自极具爆发力的警报声。

这么小的鸟儿居然能发出如此巨响，真是奇迹。从科学角度来说，鸟类没有喉，只有鸣管。在发声方面，鸣管比我们的喉咙以及声带更为有效。鸣管差不多可以将鸟儿肺部的全部空气都震出来，而人类声带只能利用通过的气流的2%。此外，鸣管还可以同时发出两种不同的声音（每半边各发出一种），这正是鸟歌复杂多变的原因之一。

但我聆听雄性鹪鹩歌唱不是为了做科研。冬日依旧还在，鲜有其他鸟儿可以驱散潮湿三月的寂寥。也正是在这样的一

---

[1] 字面意为"爆裂鸟"或"爆裂雀"。

天,华兹华斯[1]遇到了一只歌声动听的鸫鹩:

> 泥土生硬,微风轻轻,
> 老天抽泣低吟
> 风的呼吸,没有屋顶,只有四壁,
> 战栗的常青藤滴下大雨滴,尽管如此
> 阴郁之中,看不见的鸟儿歌声甜美
> 自顾自地吟唱,我可在此
> 安然栖居,永不搬离
> 只为这乐音,如此动听。

许多鸫鹩冬季会建立自己的领地,比如这只。鸫鹩长长的喙像钳子,能从林中地面零零碎碎的杂物中抓起极小的蜘蛛和其他昆虫。(鸫鹩死后,最明显的就是喙。)若是林地没有空间,树篱的潮湿草地也可以接受。所以蝾螈沟柳树边有只雄性鸫鹩安营扎寨,河流经过的那片地也有一只在忙碌,那里树木环抱着岬角,没有霜寒,泥土不会冻得坚硬如铁。

---

[1] William Wordsworth(1770—1850),英国浪漫主义诗人,"湖畔派"重要代表,文艺复兴运动以来最重要的英语诗人之一。——编者

雄性鸫鹀啭鸣，哪怕下雨，全英国鸫鹀也都在为筑巢做准备。那全英国的1700万只鸫鹀。

**3月26日** 似沼地树篱下的植物：已经冒出"兔耳朵"的毛地黄，羊角芹，荨麻，已经开出小小的蓝紫色花朵的欧活血丹，开出白花的多年生山靛，蹭着山楂树和榛树长起来的原拉拉藤[1]，生出海星状基生叶片的蓟类植物海，舒展开小遮帽的斑点疆南星。树篱底部干燥处有些小小的田鼠洞，历经多年腐质堆积，树篱底部略微抬高。由于地势较高，这里相对干燥。在小树丛和地里，小小的黄色细辛叶毛茛开始闪闪发亮。

"咯哩——咯哩——"自然之声。我已经关注好几天了，它们是26日这天下午来的，在风中滑翔，叫声如同召唤亡灵。

---

1 另一常见叫法为"猪殃殃/猪秧秧"。

白腰杓鹬回来了。让我觉得有趣的是，我们的白腰杓鹬习惯与赫里福德人正好相反，它们冬季去威尔士西部避寒，而赫里福德人则是夏季去威尔士西部消暑。

想到白腰杓鹬，我就有末世论一般的担忧，好像它们迁徙时扑棱翅膀的声音决定了地球的命运，我预感，要是它们不出现，我们就会遭遇生态大灾难。好在它们回来了，回来繁衍。繁育季节，白腰杓鹬不会群居，每对小两口都需要足够的空间。曾经有一段时间，我们这里一对在路边地里筑巢，另一对在草地里——在一片40英亩的土地之内，这绝对是尽可能保持距离了。

雄性白腰杓鹬一边滑翔，一边表演，发出咕咕颤动的啭鸣。还不到两天，他已经找到伴侣了，于是这对白腰杓鹬便开始在最远处的那片地打转，宣誓主权。好在我们非常喜欢白腰杓鹬诡异的叫声。对我们来说，这不只是野性的呼唤，也不像招魂，而是春天正式到来的宣言。

白腰杓鹬能活5年，对生活环境非常挑剔。住在草地的这对，其中一只很可能在此出生，和它父母一样。它们再次飞到空中，又叫了起来。重读白腰杓鹬英文词curlew的第一个音节，几乎就可以模拟出它们叫声中拉长的二全音符。

# 3月
## March

霜。霜重，草地白得像海底蕨类。低斜的阳光让河畔高树长长的影子平铺下来，几乎横跨整片地。

霜里有一道道足迹，动物踩出亮绿的小径。兔子小心翼翼地踩向地里，跃入草中，然后回到岸边的兔子窝里。

但并不是每只兔子都足够敏捷。在这光辉四溢的完美场景中，几块灰绿色的兔子皮毛散落在地上。还有几滴血。我向寒霜依旧闪亮的小树丛走去，发现了狐狸狡猾的足迹——后脚正好踩在前脚印上。

我猜雄狐给雌狐带礼物回去了，雌狐正在哺育幼崽。那天晚上，我见到他一路小跑回河岸地，随后加快速度，迎着风跑进薄暮，留下一排足印。（我只见过狐狸跟踪时的脚步，其他情况都没见过，它们和不满十岁的拉布拉多一样，也总是喜欢到处跑。）

我差点没认出他来。脱下冬日华丽的皮袄，换毛后他看起来衣衫褴褛。

蝾螈沟的水又冻起来了。一条孤独的银色绒盾大仰蝽（学名：Notonecta glauca）被封在"水晶棺"中。墓穴是暂时的，死亡却是定数。最上层的青蛙卵也被封在致命的冰层中。

**3月29日** 蝌蚪的麻烦还没完。冰雪消融,苍鹭像闪电一样用喙把它们叼起来。但它八成是觉得排水沟底部的淤泥变幻莫测,不好下手,或嫌弃蝌蚪太小,不称心——不出一两分钟,它就放弃了,拍拍疲倦的翅膀飞走。

苍鹭有一种原始感,所经之处留下远古的气息。飞向林子农场时,它叫了一嗓子。恐龙时代的刺耳尖叫让本已阴郁的天空更加可怖。

蝾螈沟中幸存的蝌蚪团结在一起,这样比较安全,以最原始的方式聚成黑黑的一团,上下浮动,只有少数勇敢的冒险者离开圈子。

羊羔就不太会用这样的小伎俩。

潘妮和特里斯回家后,说他们本以为看见一只赤鸢落在田地高处的鼹鼠丘上面。可他们发现那不是鼹鼠丘——是一只黑羊羔,赤鸢把它撕了。半小时前,这只羊羔还活蹦乱跳的呢。

我怒气冲冲地向刺骨的寒雾中走去,赤鸢还在那里,用喙撕扯着羊羔。直到我离它不足30英尺,它才起飞,漫不经心地想把羊羔拖走,但只拖动了一两英尺,于是作罢,慵懒地飞向陡壁。

黑色羊羔躺在卷卷的黑色羊羔皮中，肉粉嫩嫩的，肠子裂开，皮也被剥开。白色的热气从尸体中缓缓冒出来。

我拖着死羊羔瘦长的后腿。没有眼睛的脑袋，沉沉的头骨，不美观地摇荡扭曲着。

赤鸢的堡垒在山那边。中世纪伦敦，赤鸢和麻雀一样常见，也因食腐清理街道而深受欢迎。但在猎场看守人年复一年的迫害下，这种鸟被逼退到威尔士中部。20世纪50年代，赤鸢数量仅剩100对左右。采取保护措施后，该物种数量增长，活动范围扩大。

而如今，我衷心希望大山那堤坝一般的峭壁能挡住这种鸟。

**3月30日** 本月以灿烂的万里碧空告终。

有月亮，一个洒满银色清辉的完美夜晚。意料之中，艾斯克利河静默下来，一个白色幽灵从上场口登台，静静飘过田地。

仓鸮。Tyto alba[1]。它惨白扁平的脸不屑地瞥了我一眼。仓鸮的听觉无比敏锐，主要通过啮齿类动物的吱吱声定位，

---
1 仓鸮的拉丁学名。

很少根据动作判断。到灌木丛时,这只仓鸮倾斜右转,转身掠过田地。仓鸮是草地猫头鹰:用不对称的耳朵辨别草地上的声响,比在林地辨音更简单——林间有沙沙的响声干扰。今晚,仓鸮没听到什么,突然转向林子农场那边。下草地并非仓鸮最爱的狩猎场,它更喜欢农场高处的开阔地。三月寒冷漫长,捕猎不能挑食。

仓鸮令人毛骨悚然,无可置辩。在民间传说中,它们是魔鬼猫头鹰和死亡猫头鹰。莎士比亚总是充分利用这一点,最精彩的要数《亨利六世》(*Henry VI*)下篇第五幕第六场。被杀之前,亨利国王对格罗斯特公爵理查说:"你出生之时,猫头鹰尖叫。"

月亮消失在一片大云朵后面。仓鸮像接到信号一样,从黑暗的林子农场那边发出喊叫,宣誓领土。仓鸮不会像其他猫头鹰那样小声叫。它们呼啸,它们尖叫。好像在痛苦中死去的孩子。

艾斯克利河对岸的老采石场树林中,爱在林间和常青藤中出没的棕褐色灰林鸮发出"突——威特"声,这声音听起来要舒坦得多。

# April

## 4月

斑点疆南星

怒卷的云层笼罩大山,这片地陷入暴风雨前的黑暗。

有一处闪亮的光点。今天是4月2日,地里第一朵草甸碎米荠花开了,淡粉色的花朵在劲风中点头。

如果一种花有很多土名字,很可能是为人所用的植物,或食用,或入药。草甸碎米荠(学名:*Cardamine pratensis*)至少有30种俗名,如女士罩衫(lady's smock)、挤奶女工(milkmaids)、女士斗篷(lady's mantle)、女士手套(lady's glove)、布谷鸟的鞋子(cuckoo's shoes),主要因其花期与布谷鸟到来的时间吻合,或暗讽花形很像晾衣绳上悬挂的女士衣物。最形象的要数其俗名meadow bittercress[1],因为它针尖般的细叶片尝起来的确有点辛辣味,中世纪时会在集市上出售。人类不吃草甸碎米荠,

---

1 字面意为"草地苦荠"。

但红襟粉蝶[1]幼虫以此为食。

草甸碎米荠和完全不同的斑点疆南星（学名：*Arum maculatum*）[2]拥有相同的俗名cuckoo pint。斑点疆南星的所有俗名命名方法关联性显而易见。这里的cuckoo pint由cuckold[3]和指代阴茎的pintle[4]组成。乔弗里·格里格森（Geoffrey Grigson）在《英国人的植物》（*An Englishman's Flora*）一书中就唠唠叨叨说了斑点疆南星90个不同的名字。有：布谷鸟小鸡鸡（cuckoo cock）、狗的小鸡鸡（dog cocks）、国王和王后（kings and queens）、牧师的小圆礼帽（parson's billycock）、公马和母马（stallions and mares）、苏醒的知更鸟（wake robin，知更鸟在中世纪也指阴茎）。这些名字是花朵的记录，记下了英国乡下人的小玩笑。

植物亮闪闪的戟状叶片（上面有难看的小黑点）已经在树篱中出现一个月了，但现在……生殖器状的棕色肉穗花序肿胀。树篱中的暴露狂。温暖的日子即将到来，摇蚊会被肉穗花序的肉质气息引诱过来，从诱人的外层佛焰苞偷看，然后被困其中。摇蚊为看不见的花朵授粉，使其秋天结出迷人

---

1 学名：*Anthocharis cardamines*。
2 英文常见俗名lords and ladies（老爷与夫人），又译"斑叶阿诺母"。
3 被戴绿帽子的人。
4 枢轴。

4月
April

的橙色浆果。夜间佛焰苞松开,摇蚊才可以脱身。

这种植物的块茎曾被做成春药,在约翰·黎里(John Lyly)1601年的剧作《爱情变形记》(*Love's Metamorphosis*)中,一位人物说:"他们吃了苏醒的知更鸟,已经无法为爱而眠。"该植物在中世纪时用于壮阳的效果无从考证,不过,它的根部经处理烘焙后可制成粉出售,被称作波特兰西米(Portland Sago),即"色列普茶"(saloop或salep)的主要成分,在咖啡和茶出现之前,这是深受工薪阶层欢迎的饮品。

吉尔伯特·怀特记录道,冰天雪地的日子里,鸫鸟食用这种植物的根,不少鸟类还会吞食其浆果,尤其是雉。但没有哪种动物会碰它的叶片——受损的叶片会分泌出氢氰酸。

点点滴滴的雨水在草叶上停留、闪耀、附着。它们比那只在草茎上踉踉跄跄、落下、继续爬、又落下的青铜色甲虫要强多了,这甲虫无论如何都停不住。

一只孔雀蛱蝶[1]在春日里颤动的空气中飞舞,飞到草甸

---

1 学名:Inachis io。

碎米荠上采蜜。采食的时候它展开双翅，炫耀身上夺目的眼点。这双眼睛俯瞰着草地，却只是虚张声势吓唬捕猎者的小伎俩——这是在模仿大鸟的眼睛，效颦飞鸟大怪兽，以假乱真。三色堇般的孔雀蛱蝶悠闲淡定，毫不受鸟儿们影响，居然还挑衅地停在一块石板上取暖。

树篱中，鸟儿来来往往，都在筑巢。苍头燕雀。大山雀。蓝山雀。知更鸟。此时它们还是倾向于在树篱隐秘的深处安家——叶片还不够茂密。我发现，它们最爱的建材是来自草地的干草茎。鸟儿们筑巢，不动声色地将这片地与树篱联系起来。榛树皮好似女性光滑的肌肤，反射着流光。

我不是这片地里唯一的劳作者。在林子农场排水沟边杂乱的草丛中，有三座黄毛蚁的小丘。虽说蚁丘的年龄只能靠估算，却也不至于模糊到毫无参考价值。黄毛蚁（学名：Lasius flavus）挖土，每年可以带出约1升弃土，形成小丘。排水沟边上的蚁丘约有5年了。河岸地有座蚁丘，已经20年了，夏日，有翅蚁（通俗点儿说，就是会飞的蚂蚁）从中飞出开启旅程。河岸地最陡峭的那段，蚁丘实在太多，都渗水了，

# 4月
## April

泥土像是煮沸了似的。

没有哪里的泥土会比黄毛蚁丘的更细腻了，它们会把泥土中每一个颗粒都挖出来，然后由工蚁搬运至蚁丘顶部，石头和残渣一点不留。寥寥几根草从光秃秃的泥土穹顶上长出来，就像德高望重的牧师头顶那寥寥几根发。

蚁丘位于地面，可以晒太阳，所以蚂蚁把它当作产房和育儿室，甚至会穿过蚁丘网络通道将卵运到最暖的一面。不幸的是，泥土细腻、地势抬高的穹顶难以抵御捕猎者。瘦瘦的母獾春天翻土时有时会拆开河岸地的大蚁丘，疯狂抢打，寻找幼蚁，要是能找到蚁卵就更合心意了。

不过，这次袭击草地上蚁丘的不是獾——损伤不大。罪魁祸首是一只绿啄木鸟，它把喙扎进蚁丘，穹顶毁了一半。本着科学求证的精神（也算是恼人的流氓行为吧），我向被破坏的泥土一铲一铲挖下去，每次几英寸，慢慢逼近洞室和通道。刚开始我下手过于草率，后来不得不慢下来，像考古学家那样。蚂蚁自己就会麻木不仁地挑出被破坏的卵，好像屋子被金属片粉碎是家常便饭。

我终于收获了。在一个约十便士大的地下室中，我发现了一群晕晕乎乎的灰色蚜虫。这是蚂蚁的俘虏，用来"榨取"含糖物——蚂蚁会收集它们分泌的"蜜露"。蚜虫本身则以地牢天花板和墙壁上的植物根系为食。这些蚜虫都是选择性繁育的，如此集约化管理，农产品生产商肯定都会嫉妒不已：这间屋子里的小群蚜虫很可能都是精心培育的"高产蚜虫"，即，昆虫版高产黑白花奶牛。

黄毛蚁有许多令人惊讶的秘密。它们可以活20年，在干燥的丘陵地，它们会把白垩山蓝蝶（chalk hill blue butterfly）[1]的幼虫带入自己的巢中喂养。

黄毛蚁其实不是黄色的——颜色更接近于祖母做的姜茶。

到4月12日，细辛叶毛茛开出明媚的花朵。在这样的夜晚穿过草地，就像穿过一片星星地。

花朵越来越密，绽放越来越快：在小树丛中，第一批欧洲蓝钟冒出来了；同一周内，树篱下一棵异株蝇子草也冒了出来，孤独不安；那里还悄悄长出一株繁缕。

摇蚊在渐暖的空气中跳着华尔兹。地面温度已经稳定在6摄氏度以上了，这是草类生长的基本条件。要绿草长高，

---

[1] 学名Lysandra coridon。

4月
April

还要满足另一个条件——10至15小时日照,不同牧草品种所需时长不尽相同。

夜里站在这片地中央:好像有人把云朵搅成了牛奶布丁。

我坐在引人哲思的河岸边。在树木掩映的寂静水潭上游,一只河乌停在一块大石头上。这种鸫鸟像是煤堆里捞出来的金丝雀。艾斯克利河纯净无比,有充足的甲壳纲动物、虫子和鱼类,所以许多河乌在这里生活,草地边的200米河段为一对河乌夫妇供应日常所需。站在石头上的是雄鸟。我知道他看见我了,因为他正在"点头"——在水中上下浮动,炫耀胸口那片令人惊艳的白色。这是鸟儿对捕猎者发出的信号,警告捕猎者已被发现,甭想偷袭。

这鸟儿潜入水中。别看它外貌同乌鸫差不多,动作却优雅得出乎意料。它衔起一条扭动的杜父鱼。杜父鱼之死非常血腥,被一把揪住尾巴,脑袋狠狠砸在灰色的大石头上。

等猎物像块石头那样纹丝不动了,温文尔雅的河乌把它翻过来,先吞下鱼头。他拍了一下翅膀,向下游流过鹅卵石的清冷浅水飞去,然后河畔漫步,密切关注水中动态。它猛地把喙扎下去，一条石蛾幼虫就出来了。河乌衔着蠕动的猎物，绕过河弯飞走，飞向岸边铺着苔藓的巢中，它要把石蛾幼虫从粗糙的皮里挤出来，喂给嗷嗷待哺的宝宝。我们搬来的这五年里，这对河乌一直住在砂岩裂缝中的那个巢中，四周榆木根系环绕。据我所知，这个鸟巢，河乌已经用了几十年，甚至可能有百年或更久的历史。这种鸟看重传承，世世代代用同一个巢。

四月：绿色之月，万物转绿之月，所有植物蓦然间长出叶片，繁茂生长。蹲在河岸地树篱边上，水平望向河流，这片地好像长高了2英寸。实际上，我的目测误差不大。我带了尺子，在过去两周里，春意盎然，草长了1英寸。身后的河岸地里，母羊和羔羊正在饱食丰美的绿草，倒下的榆木树干上，小羊羔欢脱地玩着占地为王游戏，榆木树干像根被扔掉的狗骨头，30年来无人费心挪走。因此，卧倒的榆木上有大群甲虫栖息，这就是不劳而获的环保成效。狐狸一直都来这里挖甲虫，门边草丛里的粪便上，鞘翅反射出残阳的点点光芒。

片刻后，聚在一起享用晚宴、在毫不知情的情况下与母亲分开的羊羔恍然大悟，凄惨地叫了起来。整座山谷的羊羔都发出了呼救信号，山中回响。

维多利亚时期的博物学家W. H. 赫德森[1]春天时会找一整天的时间来赏芳草："漫长的冬日过去，再次因它心生喜悦，让它滋养心灵……只要能看到它就好。"

白腰杓鹬长24英寸，向下弯曲的喙长得令人难以置信，这是一种体形较大、非常特别的水鸟。但它一进地里，却像施了电影特效魔术一般消失不见。我调整了几次望远镜才找到雌鸟，它正在拖一团干草。雄鸟已经从距树篱20码远的草丛中挖了一块凹地，他的DIY做工粗糙，自己可能觉得凑合，但要是叫夫人瞧见，大概就说不过去了。

两天后，雌鸟就紧紧压在蛋上了。为了方便日后定位这个鸟巢，我在它正后方的树篱上系了一块白布。

我喜欢在远处树篱底部观察，那是一个4英尺的等腰三

---

[1] W. H. Hudson（1841—1922），英国作家、博物学家、鸟类学家。

角形，有倒下的榛树、蔓生的荨麻，还有乘凉的羊群。每片地都需要一片无人打理的角落。尽管我可以透过地里腐朽的榛木望穿整片地，但坐在这偏僻的角落里最容易瞬间发现美，美的瞬间。榛树屏风引人聚焦近物。欧活血丹散发出一阵止咳药水的味道；盘旋的黑蝇很小，几乎看不见，我不知道它们的名字，总是记不住。榛树洁净的小枝闪着光，蜿蜒的常青藤向上盘出完美的螺旋。紫色的犬堇菜（由于没有香味，它被加上了"犬"这个不友好的修饰语）弥漫着异域风情；葱芥（Jack by the hedge）的淡绿色尖塔越来越多——叫它"杰克的豆茎"（Jack-beanstalk）[1]应该更合适。但只要揉搓一片叶子，你立刻就会明白它为什么叫"葱芥"。你是否停下脚步观察过，蠼螋尾钳的曲线多么完美？你是否留意过，蠼螋的躯体多么像琥珀？你是否注意到，紫罗兰步甲虫背后闪耀着彩虹般的色泽？

我把自己锁在这里，但透过树枝栏杆和跳跃的光点，我还是察觉到狐狸了，因为行动必然会让捕猎者暴露自己，自然也会让这场游戏暴露。狐狸明白白腰杓鹬就在地里某个地

---

[1] 这一戏称与Jack by the hedge（树篱边的杰克）都源自杰克与魔豆的童话，最常见的一个版本主线为：穷男孩杰克去卖奶牛，买家只付给他几颗魔豆，但后来杰克发现被妈妈扔进地里的魔豆长出通往天上的豆茎，他便沿着豆茎爬进了巨人的家。

# 4 月
## April

方，它专心致志地站在那里，嗅闻，凝视。白腰杓鹬一动不动。白腰杓鹬味道不错，曾经，它们不只是狐狸的美味，在人类餐桌上也大受欢迎。根据1275年爱德华一世下令制定的家禽价格，白腰杓鹬卖3便士一只。

狐狸既没看见白腰杓鹬，也没嗅到白腰杓鹬。大步走开，一脸不快。

**4月16日**　早上和爱犬走在地里，我在口袋里塞了张纸做笔记："南边报春花越来越多，黑顶林莺唱起歌，叽咋柳莺也在唱。"夏季迁徙来的第一批莺科小鸟已经来到地里。叽咋柳莺不做停留，继续前行。黑顶林莺在河岸树篱顶上歌唱，我不禁心生喜爱。黑顶林莺歌声复杂多变，充满生命的愉悦之情，这一切都被法国作曲家（兼鸟类学者）奥利维埃·梅西安[1]完美地捕捉下来了，他在歌剧《阿西西的圣方济各》[2]

---

1　Olivier Messiaen（1908—1992），也曾译作"梅湘"，法国作曲家、理论家、管风琴家、音乐教育家。和弦是其重要的创作材料。他为复制鸟歌独创数千个和弦。
2　*Saint François d'Assise*，这部歌剧以13世纪意大利为背景描写了圣方济各的一生，其中有和鸟说话的情景。

中将其用作动听的个性化符号。梅西安写道:"每个音我都要配和弦,才能转译出这种独特的音色,欢欣鼓舞,和声色彩丰富。"

黑顶林莺被称作"北方夜莺",名副其实。尽管如此,这种鸟儿的报警声却是粗糙的"塔克"声,像两块鹅卵石碰在一起。整个夏天,黑顶林莺都会冲我、冲绵羊、冲一切发出"塔克"声,听起来像水龙头在漏水。

在夏季所有燕科小鸟中,家燕是在地里飞翔时间最长的。20日,我看见了第一张红宝石般的小脸。雨燕和毛脚燕都在地里飞,但它们捕食的位置更高。英国夏季,户外高飞的昆虫不足,雨燕逗留的时间也比较短。雨天昆虫被迫低飞,夏日第一批家燕正在做自己最擅长的事情:优雅地从草地上方掠过,捕捉摇蚊和其他飞行的猎物。(尾巴流线最长的雄燕最容易吸引姑娘们。)

可如此精致的时刻却被两只加拿大黑雁毁了,它们发出鸣笛般的喊叫,在山谷远处的湖泊上降落。这种粗俗的声音毫不动听,跟洛杉矶大堵车中的愤怒司机差不多。

法国人将黄鹡鸰称为"牧羊女"——它们的确会跟在绵羊后面,指望羊蹄子翻起昆虫。它们在似沼地更开心,除了绵羊,还有几英亩柔软的地面。一对黄鹡鸰在苔草中筑巢,有时会轻轻掠过草地,去探索潮湿的角落。雄鸟喜欢停在树篱上唱歌。如果这也能叫歌声的话。他的确有金丝雀般的黄色羽毛,却没有金丝雀那般的天籁,最多只能发出些"嘀西普"的声音。

它们跑起来轻巧得像仙子,这只雄鸟觅食时在草地中闪过一道诱人的金色。它们是在三月底一个寒冷的周五来的,却将温暖带到了飞过的每一处,因此它们有一个古老的俗名叫"阳光鸟",生动形象。

如今,几乎没有鸟儿拥有乡下俗名了。为了精准分类,鸟类名称都已经标准化、同质化,转换成了科学家们认可的说法。可100年前,猎鸟者一听到银喉长尾山雀的土名字,就知道自己身处哪个郡县乃至哪个村。在《论格洛斯特郡的鸟》(*Treatise on the Birds of Gloucestershire*)中,银喉长尾山雀(学名:*Aegithalos caudatus*)的俗名,W. L. 梅勒什(W. L. Mellersh)收集了不下10种,如长尾巴猫(long Tom)、灶巢鸟（oven-bird）、口袋布丁（pokepudding）、嘎吱耗子（creak-mouse）、桶巢猫（barrel Tom），在格洛斯特郡南边，这种鸟还被称作长尾巴农夫（long farmer）。约翰·克莱尔在南安普顿郡将这种鸟称作欢乐的"坐圆桶鸟"[1]。

**4月18日**　小树丛里欧洲蓝钟竞相开放，在地上铺了一层蓝雾，酸模属植物、细辛叶毛茛、五叶银莲花（凋谢中）织成一块完整的地毯。

草地鹨从栏杆立柱上飞起，振翅飞到20米的高空，直到接近小栎树的树梢，那"甜甜的甜甜的甜甜的"[2]小曲儿唱得更快了。随后它半张翅膀紧张地降落，发出不着调的啭鸣。这像是在为插嘴道歉，隔壁云雀唱得正欢。但我还是很能理解的：我的口哨也吹不成调调。

接着下雾了，灰色笼罩小径，笼罩小径延伸的远方。

---

[1] the bumbarrel。该鸟部分俗名含"圆桶"（barrel），皆因其鸟巢形似圆桶。
[2] sweet-sweet-sweet，对草地鹨叫声的模拟。

4月
April

圣乔治蘑菇（St George's mushroom）[1]是最早出来的蘑菇之一，米黄色菌盖通常于4月23日出现在绿草中，这是纪念英格兰守护圣人、守护者的日子。由于全球变暖，这种蘑菇的采摘时间越来越早，但今春漫长的严寒将其生长期再次逼回历史纪录。4月22日，我注意到这种蘑菇经常出现的地方冒出了"仙女环"[2]，从北边、河岸地和树篱向内约20英尺。圣乔治蘑菇菌盖是凸面的，菌柄比例协调，完全符合古希腊审美的统一感，与其说美丽，不如说英俊；它们看起来味道不错，吃起来的确也很美味。像松露猎犬一样鼻子贴地闻闻，就能嗅到这种蘑菇诱人的气息。闻起来像面粉。

今天地里来了位不速之客。我在雾中，正向河岸地走去时，乌鸦大声喊出警报。随后是带鳞片的黄腿，金属色的爪子，轻蔑的黄眼睛。这一切都在我眼前闪过。

---

1 学名：Calocybe gambosa。中国称"香杏丽蘑""虎皮香杏"或"黄皮口蘑"。
2 又称"仙人环"，即农林学中的"蘑菇圈"。

那只雌雀鹰向树篱这边飞来时,我说不好到底谁更惊讶——她,还是我。她飞过我头顶时,我可以感受到右翅扇动的微风。接着她飞远了,像颗阴沉的灰子弹。

当然,更害怕的是我——雀鹰的凶恶无可匹敌。它们始终在盘旋,时刻准备着,危险的鸟儿。多年前,枪匠需要为一种小火器命名,便采用了驯鹰时称呼雄性雀鹰的术语。musket(滑膛枪)。但说实话,雌鸟杀伤力更大:她比雄性长10厘米,在空中可以一把抓住疾飞的斑尾林鸽。

在草地上,雀鹰我每年能见到五次左右,一般是夏天它们从树上一跃而起追逐起飞的云雀或草地鹨时,身手优美至极,却也会愚蠢地暴露自己。今天,雀鹰绕着树篱轻盈地低飞觅食,一头扎进苍头燕雀中,随后草中只剩下苍头燕雀周遭零落着一圈羽毛的残骸。雀鹰会坐在动弹不得的猎物上,用爪子撕开猎物的身体,倘若这还不足以置之死地,就猛扎猎物的后脖颈。这鸟儿先把猎物胸口去毛,再撕扯尸体。

来捕猎的有时是红隼,有时是赤鸢,我还有一次见到了灰背隼。但实际上将这片地视作狩猎场的日间猛禽,是采石场树林的普通鵟。现在就有一只在我头顶盘旋,宣示主权。他的地盘。我的地盘。这片地是我们的共享空间。

**4月22日**　现在，许多草甸碎米荠都开花了，就像夜航时向窗外望去，高空俯瞰乡间小村庄一样，万家灯火。家燕飞来觅食，掠过的不再是一片绿海，而是闪耀的草地花海。野勿忘草那令人惊艳的黄眼睛镶嵌着蓝边，闪亮登场。野花遍地的日子来了。

夜晚，在地里。远处地平线南边，有一抹大煞风景的城市灯光。去掉这些，夜便是太空中深沉的黑，宇宙最原始的黑色。据报纸报道，这片山谷已被划为暗夜保护区。

一对车灯从车道射过来。这辆车正沿着山脊向下开，自带一丝难得的浪漫氛围，似乎里面的人正赶着去完成某件神秘的差事。然后又来了辆运奶车，准时，却显得格格不入。山谷中的乳业牧场一个接一个关了。就算"集约"种植牧草、饲养的奶牛新奇品种乳腺发达，一升只有一便士的利润，牛奶哪儿能赚钱呢？

夜晚回归完美状态。一只兔子穿过老采石场，发出尖叫声，好像被咬了。有狐狸或獾出没。我继续向树篱深处走去。

在伸手不见五指的黑暗中,听觉越发敏锐。(片刻后,我甚至能听出灰林鸮捕猎飞行的声音。)地里发出一阵窸窣声。我打开电筒,原来是它。一只小莫尔迪·沃普[1]。一只鼹鼠幼崽,在草地花海中打着滚。

小鼹鼠在五周大时,会被母亲从窝里赶出去,去附近地道自立门户,要么找一个现成的通道直接拿来用,要么自己挖一个。很快,鼹鼠妈妈连孩子住得离家这么近都受不了了,夏末,小鼹鼠们将第二次大移居,在距离母亲洞穴几百码左右的地方安家。这种大移居在地面上进行,所以鼹鼠很容易被捕猎者抓住。捕猎者蹦蹦跳跳,到处都是。小路附近住着猫头鹰、狐狸、獾、伶鼬、白鼬和艾鼬,鼹鼠幼崽是它们的最爱。

说鼹鼠没有视力并不符实:我的电筒光吓到了这只鼹鼠,它停下脚步,用吻鼻嗅啊嗅。我关掉电筒,让鼹鼠自由离开。一片黑融入另一片黑。

我一定是这只鼹鼠的守护天使。等我打开电筒,只见一双琥珀色的眼睛出现在鼹鼠身后几码远的地方。雌狐。她傲慢地转身离开,显然很清楚自己的威力。她只需一次好运便足矣,鼹鼠却要一直碰运气。

接下来的几夜,小莫尔迪·沃普都跑出来了。奇怪的是,

---

[1] 即前文提及的艾莉森·厄特利《小鼹鼠莫尔迪·沃普》主角的名字。

我从来都找不到鼹鼠堡垒——雌鼹鼠盖着草和叶子的超级土丘,肯定在似沼地树篱深处某个地方。看来,这片地不会把所有秘密和盘托出。

**4月24日** 看见毛脚燕似乎让人精神为之一振,它们每年都要经历两次危险的迁徙之旅才能至此筑巢,好像这里是完美之地。

莎士比亚对martlet(毛脚燕的古语)情有独钟,将其视为祥瑞之地的标志:

> 这夏日之客
> 这巡视圣殿的燕儿,
> 也在此筑巢,足证此地气息
> 甜美芬芳:屋檐横梁,墙头壁缘,
> 无不是燕儿安顿摇篮吊床,凡是这鸟儿
> 繁衍觅食之所,我发现,
> 空气散发馨香。[1]

---

[1] 摘自《麦克白》第一幕第六场开头,班柯附和邓肯称赞麦克白的城堡。

鸟儿可以像普鲁斯特那样引人追忆似水年华。一见毛脚燕，我就想起童年时代的家，想起从敞开的卧室窗户探出脑袋，看着叽叽喳喳、讲究选址的毛脚燕在白色屋檐下用泥筑起杯状的巢。

四月来场雷阵雨？勉强可以接受，这湿漉漉的月份将尽，只要不是暴雨，我都能接受。所幸，托马斯·哈代那黑暗中的鸫鸟歌声欢快[1]，毛脚燕也在接骨木枝头唱着歌。也许鸟儿知道好天气有望到来。这片地已被浸透：水足有 1 英寸深。每逢此时，农人们便会苦苦开玩笑说，在坑里种水稻吧。两只秋沙鸭落在河面上，提醒我现在是水的世界。和弗蕾达一起从地里往回走时，一只奇怪的鸟儿从我们面前飞过。"会飞的鸡！"弗蕾达笑道。不，这不是鸡：是一只脚上长着蹼的凤头䴙䴘，在这里还是头一回看见。

应季的天气没能如约而至，走走停停。

---

[1] Thomas Hardy（1840—1928），英国小说家、诗人，作有抒情诗《黑暗中的鸫鸟》(*The Darkling Thrush*)，描述萧条寒冬忽听得一只鸫鸟欢快歌唱。诗中提及，也许这只鸟儿知道人类所不知的希望和祝福。

# May

## 5 月

白腰杓鹬

英文中may（五月）来自梵语mat，意为生长。随着日光渐暖，生机又回到这片土地。霎时间，绿意势不可当，秀色可餐，令人震惊。到3号，草地上的牧草突然蹿到了1英尺，要是撑着胳膊肘躺下，就像浮在一片撒了彩色纸屑的豆绿色海洋中。现在，我也感受到了赫德森的"春草情结"。我将奶牛们赶出冬日小围场，去似沼地，这比把牲口移入夏季牧场的传统日子仅晚两天。它们也感受到了空气中的春意，四处奔跑，刨起一块块草地。我们称之为"奶牛起舞日"，这天要放出牲口，让他们在及膝的五月花丛中一路啃吃下去。

黄花九轮草在草地上舒展开小脑袋，好像戴着摄政风格的帽子[1]。好在它们是花，记不起多少往事，这反倒是件好事：

---

[1] 指英国1811年至1820年摄政时期。前沿宽大、下颌系带子的帽子是那个时代重要的女装特色，该时代女作家简·奥斯汀（Jane Austen，1775—1817）小说中的人物在影视剧改编作品中的服饰即有体现。

这花英文词语 cowslip 中的 slip 源自古英语 cu-sloppe，意为牛粪。这迷人古老的黄花九轮草，的确是在牛粪多的地方长得好。

空气在尖叫。雨燕直直张开蝙蝠翼绕着房子打转，直到入眠时分。它们是昨天来的。

**5月5日** 我已经竖着耳朵听了几周，等非洲来的布谷鸟发出叫声。我一听到斑尾林鸽独特的半小节悦耳咕咕声，便会自言自语或逢人说："是布谷鸟吗？"不过，今天在碧海中畅游时，我真的听到山谷中传来了一只布谷鸟的声音。

这只布谷鸟的声音我只听到一次。但一个世纪前，在巴克斯顿（Buxton）的小山丘上，赫德森发现：

> 从三点半开始，它们（布谷鸟）就开始持续大叫，树上、屋顶上，如此之多，那一刻无人入眠。从早到晚，整片荒原上，布谷鸟咕咕叫着四处飞，它们悠闲、漫无目的，快速拍翅膀的样子看起来像无精打采的鹰。

布谷鸟数量锐减本可避免，如今却到了这种境地：整个春天，在整座山谷中，我只在某处听过一只布谷鸟孤独地歌唱。布谷鸟已登上重点保护鸟类（Birds of Conservation Concern）红色名录。欢迎走进没有布谷鸟的春天。

不过，至少草地鹨会为布谷鸟的减少而开心。布谷鸟最喜欢选草地鹨的巢产下特洛伊木马一般的鸟蛋。实际上，由于蒙在鼓里的草地鹨总是被懒虫布谷鸟相中当养父母，威尔士语将这种鸟儿叫作 Gwas y Gog（布谷鸟的傻瓜）。

可怜的草地鹨可谓鸟中呆瓜，它们既是邪恶大骗子布谷鸟的欺骗对象，也是威风灰背隼、白尾鹞以及雀鹰的猎物。狐狸和伶鼬还会把它们的鸟蛋当美餐。但有一点我很赞同赫德森：看到这种带斑点的小鸟"蹬着美丽的粉色小腿在草丛和帚石南丛中爬来爬去，看到那羞涩好奇的黑色大眼睛与你对视，听见它……起飞时发出的声响，无论是谁都会忍不住爱上它——这长羽毛的可怜小傻瓜"。

这片地里有两个草地鹨鸟巢，皆由干草搭成，里面各四枚深褐色鸟蛋。它们将于13日内孵出。我发现这两处鸟巢，都是因为看到雄鸟给孵蛋雌鸟送食物献殷勤。美餐主要是蜘蛛、蛾子、蛆和毛毛虫，大多是在这片地的范围之内寻觅来的。

和布谷鸟一样，草地鹨数量也在下降。的确，在英国，草地鹨数量下降是布谷鸟数量下降的众多原因之一。我儿时常见的许多鸟儿都面临危机。在英格兰,树麻雀减少了71%,凤头麦鸡减少了80%。我曾在伯明翰温暖的夜晚里仰望大群的紫翅椋鸟北飞,这也成了往事。

四月和五月可以听到黎明合唱,雄鸟放声歌唱吸引雌鸟,划分地盘。总体而言,体形越大,歌声越动听,就越容易吸引到配偶。

约4点15分,默林山破晓前,演唱会就开始了。在英格兰,独自一人站在地里,聆听鸟儿清晨的合唱,你就会明白生命为何如此珍贵。我穿着睡袍和威灵顿靴,胡子还没刮。不过,似乎没有任何一位表演者介意我穿着不得体、过于随意、有失体统。鸟儿按这个顺序唱:欧歌鸫蹿上桉木梢先唱起来,借勃朗宁[1]诗句一用,这鸟儿:

每支歌都要唱两遍
担心人家怀疑他记不起
之前无心吟唱的美妙狂喜乐曲

---

[1] Robert Browning(1812—1889),又作"布朗宁",英国维多利亚时期重要诗人。

5月
May

随后是知更鸟和乌鸫,它们也在河边,接着是蝾螈沟那边的棕色条纹鸲鹟,还有蓝山雀、苍头燕雀、林岩鹨、黑顶林莺、雉鸡,这一切都伴着寒鸦的插科打诨,它们正在林子农场废弃谷仓上空欢闹嬉戏。一只云雀飞入空中,两只雄性草地鹨也唱着歌飞了起来。

我代表黎明合唱团,劝全家人周末早早起床,在家打开所有窗户聆听这场音乐会足矣。五月,黎明时分起来,就能重返工业革命和24小时无间断购物之前的那个世界。

现在,有一个"国际黎明合唱日"(International Dawn Chorus Day),拜伯明翰的城市野生动植物信托基金会(Urban Wildlife Trust)所赐。其国际化性质类似于美式足球发展出世界联赛。但这是地道的英国产物。记者亨利·波特(Henry Porter)一语道破:"无论我们如何自贬或衰退,英国人欣赏自然的天赋是无法夺走的,特别是赏鸟的天赋。"我们似乎的确有不少写鸟的优秀作家:赫德森、BB〔丹尼斯·怀特金斯-皮奇福德(Denis Watkins-Pitchford)〕、彼得·斯科特(Peter Scott)、法罗登子爵格雷(Viscount Grey of Fallodon)、著有震撼经典之作《游隼》(The Peregrine)的J. A.贝克(J. A. Baker)。当然,一些纯科学论者强烈认为英国自然写作有"物种转移"的顽疾,即W. H.赫德森("物种转移"领头实践者)

所谓的"自然外"体验——作者本人融入所写之物的思维和躯体之中。显然，这很可怕，极尽拟人化。类似的挖苦还有："自然写作"乃至"自然阅读"是脱离真实残酷自然的都市人的习惯。

每每听到这种争论，我就会把记忆捯回三十多年前，回到威辛顿（Withington）祖父母家小小的起居室里。他们保留了完美的乡村档案，不过不可否认的是，我祖父的文书只上溯到17世纪早期，此前没有牧区档案。

起居室里只有三个深色木质书架，上面摆着一些纸质护封饰有波点的名著（以达芙妮·杜穆里埃和萨默塞特·毛姆作品为首），其中至少有十本是关于赫里福德郡的［我12岁时一定已经把《瓦伊河与塞文河流经之地》(Where Wye and Severn Flow) 读了12遍］……还有许许多多关于"吉卜赛人"的书——《跟吉卜赛人出门》(Out with Romany)、《再跟吉卜赛人出门》(Out with Romany Again)、《跟吉卜赛人去草地和溪流》(Out with Romany by Meadow and Stream)、《还要跟吉卜赛人出门》(Out with Romany Once More)，以及《跟吉卜赛人去海边》(Out with Romany by the Sea) ……这位作者即英国国家广播公司电台主播兼自然作家乔治·布拉姆维尔·埃文斯牧师（Reverend George Bramwell Evens）。

有个小小的图书馆没什么好大惊小怪的。在乡下,家家户户都有关于自然、务农和狩猎的藏书,想汲取知识,读布赖恩·维西-菲茨杰拉德(Brian Vesey-Fitzgerald);想找点乐子,读詹姆斯·赫里奥特[1]。乡下人拟人水平有限。母獾,我只听过"老太婆"这个叫法,要是动物性别不明,总是称之为"他",绝不用"它"。

我在想,从某种程度上进入动物的思维模式,真有那么难吗?我们不也是动物吗?

晚间时段也有合唱,在这样的夜晚欣赏更是一种享受。光线迷人,空气湿润,春日草地花朵更加芬芳。两只雄乌鸫在这片地两侧赛歌,一只在林子农场树篱中,一只在河岸树篱中,针锋相对,狂热地宣示主权。

哦,五月降临,栖居英格兰,栖居草地,多么欢畅。

欢乐的五月不仅是聆听黎明合唱的好时机,也是观察狐狸的好时机——家有幼崽嗷嗷待哺的成年狐狸被迫白天出洞,幼狐自己也会爬到地面上玩耍。今晚,小狐狸们毫无戒备之心,从小树丛钻过篱笆下面,潜入这片地杂乱的绿草地

---

[1] James Alfred Wight(1916—1995),James Herriot 为其笔名,英国著名兽医、作家。

毯中。它们用青绿色的眼睛盯着我，我慢慢靠近，直到离它们不出 30 英尺，它们才蹦蹦跳跳跑回洞穴。

这种毫不警惕的状态不会持续很久。不出一个月，它们看到我就要紧张了——我是人类。它们还会像祖先一样萌生出对夜晚与生俱来的喜爱。有三只幼狐，大概八周了，已经断奶。

我盯着幼狐，注意到雌狐正盯着我。她从灌木丛中冒出来，嘴角荡着一只绿头鸭幼崽。累坏了的小贼看起来少了几分狡猾。

绿头鸭幼崽大部分是棕色的，面色苍白。上游的大象树[1]下，雌鸭孵出八只小鸭，但其中一只像翠迪鸟[2]一样，是闪闪的金色，这相当于被判死刑。

小鸭是喂给幼狐的。狐狸妈妈一直在找田鼠或老鼠，在河岸灌木丛下挖呀挖。

这只雌狐总是和我正面交锋，她认出了我的脸，可能也嗅出了我的味道。换别人来，她可能几分钟前就警告孩子了。不过，要是我带了狗，她也会这样做。

幼狐真应该好好享用鸭子。它们的生活无比艰难，到八月，主食就会变成飞虫和蠕虫了。步甲科（甲虫）、鳞翅目

---

[1] elephant tree，又叫小叶裂榄木，源自北美。——编注
[2] 动画片《兔八哥》里的小金丝雀。

（蝴蝶和飞蛾）、蝗虫和蟋蟀、蛞蝓和蜗牛、蛛形纲（蜘蛛），还有蛆虫大概也会列入食谱？地位越是低下的狐狸，吃的无脊椎动物越低级。

**5月7日** 农场最高处的小径上，山楂树篱已长满叶片。离草地周围树篱全部返青，还要再等三天。这是谷底霜寒滞留最久的地方。

白腰杓鹬的鸟巢，我只冒险去看过一次，是那天下午雌鸟飞走舒展筋骨的时候。我已经在1码之内盯梢几小时，也将搜索范围缩小到了1码之内，但还是花了五分钟才发现鸟蛋。但我总算是找到了，4枚梨形鸟蛋，美丽的牛油果绿色，上有棕色斑点。鸟蛋已经产下三周，再过一周雏儿就要孵出来了。

高高的草茎上粘着小块泡沫。草地沫蝉的泡沫。我舒展开手指，轻轻抹了下这点泡沫，发现了里面住着淡淡的黄绿色小玩意——草地沫蝉幼虫，拉丁学名是 *Philaenus spumarius*。所谓的"口水"实际上是幼虫从肛门吹出的泡泡，这是草地沫蝉保湿并躲过捕猎者眼睛的方式。毕竟，从凌乱的泡沫中剥离出来后,草地沫蝉就是肉食动物的嫩肉美餐。草地沫蝉真是草地一大奇迹:成年草地沫蝉无疑是世界上最优秀的跳高运动员:它们可以跳70厘米高——相当于人类跃过吉萨金字塔。为此,这种小虫的初始加速度需要达到每秒约4000米。

约翰·克莱尔坚信草地沫蝉还有其他启示意义:

它们最开始是叶片和花朵背面的白色小泡沫。具体怎么来的我并不清楚,但它们总是在潮湿的天气中出现,是牧羊人的气候指南之一。如果这种昆虫脑袋朝上,据说会是好天气;若是朝下,则应是雨天。

草丛深处,多年生草本和植物残叶下面,还有另一种跳高健将。弹尾虫[1],类似于生活在陆地的小跳虾。拨开草丛直至露出泥土,我找到了一只弹尾虫,碰一下。名副其实:它用身体下面的液压活塞推动自己向地面发射,高高跃起。英国大约有250种弹尾目品种,是4亿年前在地球上弹跳的原始昆虫代表。它们和红土一样,源自泥盆纪。

---

[1] 亦称"跳虫"。

我用手指探索隐藏的微生物世界，这里的土壤摸起来总是很湿润，大量无脊椎动物生活在这里。草地上，每英亩都有数亿只昆虫，共计0.2吨。差不多吧。

**5月10日**　毛茛叶片的小茶巾形状越来越明显了。林子农场树篱，野酸苹果树开出了美丽的粉色花朵。残暴的雨，我几乎可以视而不见。经历了温和的日子，本以为会从春平稳地过渡到夏，可五月的温度表却开始逆转。邻居地里有头羊羔死了，渡鸦和它们的一个孩子正在狼吞虎咽。

**5月12日**　草籽越来越多，这片地里的花花草草都是庄稼，都有用处，我绕着边走，避免踩上去。清晨，草地上挂着露水，甘美如膏油。我站在似沼地树篱的栎树下，伞盖在地面铺下斑驳的织毯。这会儿，只见一只焦糖色的白鼬起身向树篱张望。他沉浸在另一个世界中，玩着古老的杀手游戏。白鼬扭进树篱，又扭出来，嘴里叼着一只乌鸫雏儿。他根本没发现我。

**5月14日** 依然是在喧闹的鸟鸣中迎接晨曦。聆听黎明大合唱,我还可以听出谁在筑巢、在哪儿。雄鸟会在显眼的优势位置歌唱,以宣示主权。今天早晨,在这片地的树篱中,有三对蓝山雀、两只知更鸟、两只鹪鹩、一只欧歌鸫、一只银喉长尾山雀、两只乌鸫、一只大山雀、一只苍头燕雀,还有一只林岩鹨。

常在树篱中筑巢的英国鸟类不下34种,林岩鹨最为典型。古英语中这种鸟被叫作hegesugge[1],如今则是dunnock。不过,它们依然爱在树篱中生活。林岩鹨堆在巢中的天蓝色鸟蛋,是春天最美的景致之一;河岸树篱下草丛中鸟蛋破碎的景象不堪入目,蛋里面都被吸空、啄出来或舔干净了。两只喜鹊养成了去地里闲逛的习惯。它们把巢筑在采石场上游那棵孤独的栎树上。我走过去时,其中一只正把喙扎进鸟蛋。

**5月15日** 一些红车轴草[2]开花了,好几种蜜蜂趴在上面采食花蜜,像泰坦尼克号的幸存者上了救生筏一样,直到入

---

[1] 字面意思即该鸟的另一称呼"篱雀",但从科学分类来看,这种鸟属于"岩鹨",不是"雀"。
[2] 另一常见名称为"红三叶草"。

5 月
May

夜时分天空露出托斯卡纳之光[1]才离开。酸模的花序轴已变成了红褐色的小塔。

酸模是一种直立的多年生酸模属植物，它们喜欢未添加化学物质的草地。这种植物的拉丁文名称 *rumex acetosa* 可以解释一切：*rumex* 是一种罗马标枪，*acetosa* 意为醋。换言之，即"酸味矛状叶片"。的确如此。嚼起来有一种施虐与受虐狂的快感。从前收干草时，农民会嚼酸模叶片，刺激口中唾液分泌。这种植物在中世纪时用于烹饪，用法同今天的柠檬和青柠，高草酸含量使其生出强烈的刺激感。人们曾将它作为香草栽培，用于制作鱼类菜肴的调味"绿酱"，直到亨利八世时期。现在，酸模花序的螺旋塔已有60厘米高，在地里形成一片红雾。

酸模红色的种子是雀类的食物来源（尤其是红额金翅雀），叶片也是红灰蝶[2]幼虫的美餐。

夜晚，我在闪闪星光下站在草地边缘深呼吸。我可以嗅出来，草闻起来越来越甜了。

五月中旬，白腰杓鹬不再歌唱。我甚是想念。

---

1 托斯卡纳为意大利中北部大区，除西部沿海低地外，其余皆为山地或丘陵，晴好时日出日落天空呈现美丽的渐变光，加之该区首府为欧洲文艺复兴发源地佛罗伦萨，深受画家和摄影师青睐。

2 学名：*Lycaena phlaeas*。

草地上的白腰杓鹬保持沉默是明智之举：现在它们有了两只雏儿，头上戴着圆顶小黑帽，眼睛上有好看的黑色条纹。双亲共同喂养雏儿，父母草地生活经验丰富，在距离鸟巢约20码处降落，然后轻手轻脚潜入巢中，在波浪起伏的绿草屏障中，只能看见它们低下的脑袋。很快，给雏鸟喂食的任务将仅由雄鸟承担，雌鸟已经完工。白腰杓鹬每年只繁育一次。

有一次，我发现那对白腰杓鹬父母并不会飞出草地觅食，只是就近走到蝾螈沟。我在树篱下，隔着蓟无法看到排水沟那边，所以再去地里的时候我藏了起来，一动不动地站在阴影中，站在小树丛那排榛树中。一棵人形树。等待非常值得，我欣喜地看到了白腰杓鹬神秘的用餐场景：它几乎倒立在排水沟里，拖出蚯蚓，还从水面衔起另一种昆虫，可能是龟蝽。我不止一次看到它们嘴里咬着蠕动的青蛙或蝾螈。

看白腰杓鹬给雏儿喂食的时候，我发现呆瓜草地鹨也不是一点儿心机都没有。雌鸟正在把新生雏儿的粪便扔到树篱下面，这样排泄物的气味就不会将捕猎者引到鸟巢那边去了。

在夜晚慵懒的空气中，我开始挖柔软的锥足草。它们羽状的白色脑袋在草地上傻乎乎地撑开。锥足草属伞形花科，圆形块茎，大小如榛子，剥开黑皮可以食用，味道甜甜的。挖锥足

## 5月
May

草块茎，秘诀在于跟随细细的茎，顺藤摸瓜探到地面，然后再沿无比脆弱的长根系直奔块茎。若是在向泥土进军的10~15厘米的征途中弄断根系，块茎宝贝就要泡汤了。在《暴风雨》中，凯列班[1]说要用自己的指爪挖出"上好的土豆"——不过想挖动下草地的泥盆纪红色黏土，必须得用铁锹。

等我袋里装了20个锥足草块茎时，天色渐暗，雨燕绕着房顶尖叫，老采石场的灰林鸮雏儿呼哧呼哧地等食物。我向河岸上方大约走了一半路程，听见草间传来一阵嗖嗖的翅膀声。一只红松鸡突然起飞，只有松鸡才能想得通它来这儿做什么，离它山顶的家至少有1英里呢。

另一个夜晚：我坐在两棵栎树下，阳光下河畔的树影好像日式柳树花纹。我嗅着古老棕色溪流的气息，它正在咕咕响，怪得很，和浴缸放水孔下水的声音不无几分相似。伊迪斯在游泳，脑袋露出水面，像到了一定年龄的某些中年妇女那样。大群蜉蝣落在她附近的水面，疯狂打转，把自己转晕死过去。潜望镜水塘下游，我听见鳟鱼跳跃。伊迪斯冒出来，皮毛像海豹一样闪闪发亮，抖抖水，躺在我身边。天气温暖，有爱犬相伴总是更令人宽心。

---

[1] *The Tempest*，莎士比亚晚年创作的一部戏剧，凯列班（Caliban）是其中一个半人半兽的怪物。——编者

听到一阵吱吱声，我扭过头去。水鼠耳蝠正在追赶蜉蝣，毛乎乎的爪子跟霍比特人差不多，把蜉蝣从水里捞出来。溪边，一些行动较晚的红脸家燕正在为筑巢采集泥土。

**5月16日**　晨雾，日出时分，渐渐散去。三条鳟鱼木杆似地躺在潜望镜水塘里，面向上游。与自然界其他疯狂状态相比，它们简直来自另一个世界。天刚破晓，河岸树篱的苍头燕雀就开始喂四只嗷嗷待哺的雏儿了，每隔两三分钟喂一次。它们喙里钳着绿色毛毛虫，扑着白色条纹的翅膀。这一活动无止无休，深深刻在了草地景象之中。

多年前，我的帕里家族祖先来到赫里福德郡，站在布莱克山顶俯瞰英格兰，他们看到了什么呢？和今天这番景象大同小异吧。那时，树间已有翡翠绿的草地；隔壁村庄梅斯考德（Maescoed）早在1139年就已得名，意为maes-y-coed（林间土地）。车道边上的韦恩（Wain）农场并非得名于表示"马车"的中古英语单词wain，而是源自威尔士语中表示草地的词语gwaun。

这片农场最古老的树篱已有八百年历史。这些土地是从中世纪野生树林中开辟出来的,至今还保持着原来的形状。乔治王朝时期圈地运动并未影响英格兰与威尔士接界地区,因为这是永久性牧场,并不遵循常见的"休耕地/冬玉米/春玉米"三区轮作制。

> 我的那片花,在野地里怒放
> 和着我的节拍盛开,像暴风骤雨那样
> 某些人觉得它们枯燥乏味
> 我却始终为之心醉。
>
> ——约翰·克莱尔,
> 《牧羊人月历》(The Shepherd's Calendar)

草地毛茛,即高毛茛[1](学名:Ranunculus acris),是重要的牧场和干草场植物,其繁茂程度是草甸年龄的重要指标。奶牛往往会避开这种植物,因为其中毛茛甙含量较高,生吃会导致消化系统炎症,但当干草就没什么问题。从前,乞丐会擦毛茛汁水让皮肤起水疱,以博路人同情,因此又称"水疱草"。

---

[1] 亦称"欧毛茛"。

由于草地毛茛的刺激性,乡下人喊它"乌鸦花"——乌鸦也是邪恶的不祥征兆。朗敦的威廉·帕里在他80岁那年给维多利亚民俗学家艾拉·莱瑟(Ella Leather)讲了一个牧羊人的故事:这个牧羊人在山顶遭到两兄弟袭击,牧羊人告诉这对兄弟:"要是你们杀我,乌鸦就会喊起来的,说出真相!"

两兄弟对这个警告置之不理。此后,他们出门就会被乌鸦围住。然后两人变得神经兮兮,罪孽脱口而出,最后被处以绞刑。

草地毛茛花期是五到八月,第一批金色的花头闪闪发光,低低爬行、蹲伏的雌狐好像戴上了精致的埃及艳后皇冠。一小群兔子从林子农场跳过去,在蚁丘附近啃着草。雌狐已经对兔子发起过一次进攻,那次她猛冲过去,但往地上那重重的一扑,反倒让兔子提高警惕,冲回河岸洞穴。

此后雌狐什么也不做,只是在鲜花盛开的草地中像斯芬克斯那样伏着,静待兔子归来。等一只兔子走近,她迅猛跃起,一把揪住脖子。她对各种树木都有杀伤力,不过好在梣木还没长叶子。

绿草跳起西迷舞[1],然后又在风中低头,形成一片此起彼

---

[1] 一种动作幅度较大、摇肩摆臀的爵士舞。

伏的波浪。有人在树篱上洒了精白砂糖——5月20日，山楂树将整个世界变成了一片引人注目的白色。白色时节降临。白色的山楂花堆在树篱上，白色的繁缕长在树篱下。

有只狐狸在河岸地围栏入口的石头地面上留下占地盘的粪便。我看到里面有泥土残留。昨夜和前夜，降雨前天气暖和，数百条蚯蚓在草上爬。每米有10条，一只狐狸饱餐一顿，但蚯蚓肚里的泥土消化不了，留在排泄物里。

**5月24日** 不，这片地并非时时刻刻都很美：时过境迁，蒲公英花朵已变成长满种子的苍白小时钟。白色时节：现在这片地，像一件布满头皮屑的校服。

**5月25日** 纸上草草记下："在似沼地树篱的gat修理铁丝网时，惊扰了正在给三只幼崽哺乳的刺猬。"方言里的gat就是gap（缺口），在缺口上拉起一条有倒钩的铁丝防止奶牛推倒，不比让狗坐到坑里当看守容易到哪儿去。

不过，由于热量消散，黏土变得像铁一样坚硬，此时修缮栏杆立柱并非明智之举。

赫里福德郡的黏土：要么潮湿泥泞，要么干热坚硬。每年大概也就两天能翻得动。热气带出蝴蝶,菜粉蝶[1]和草地褐蝶一直在草地上飞着。我还看到了一只蓝色蝴蝶,不确定是什么品种,于是便查阅《观蝶指南》(*The Observer Book of Butterflies*),这本书是九岁那年父母给我的。原来是只雌性伊眼灰蝶[2]。

峨参从灌木丛延伸到草地,上有红襟粉蝶。峨参(学名:Anthriscus sylvestris)托盘似的脑袋是什么颜色的?当然是白色的。红襟粉蝶停在这种植物上时,斑斑驳驳的后翅白绿相间,使出障眼法,形成保护色,就连近在咫尺的我都被糊弄住了。

见成年红襟粉蝶采蜜,我一时兴起去排水沟边的草甸碎米荠那边,想看看幼虫是否还在。找了一会儿后,我发现五条绿色的红襟粉蝶幼虫。草甸碎米荠和葱芥都是红襟粉蝶幼虫的主食,幼虫也是彼此的食物。这种蝴蝶的幼虫坚定地认为同类也是口粮。

---

1 学名:*Pieris rapae*。
2 学名:*Polyommatus icarus*。

# June

## 6月

駒 鯖

**6月3日** 所有的树木都换上了新装,桦木也不例外。

郁郁葱葱的草地上,浮动着毛茛,金光闪闪,我的威灵顿靴子被花粉染成了彼芭黄[1]。淡蓝的空气静止了,只有家燕在地里低飞捕捉摇蚊扑打翅膀时才会流动。但噪音照样有,食蚜蝇像无人机似的嗡嗡响个不停,虻嗡嗡响个不停,蜜蜂也嗡嗡响个不停。

这片地已经变了。发现这一点,不仅是因为我坐在野外三角地带、像熊蜂一样纵观花草海洋,还因为鲜花盛开的草地显得更紧凑、更小了,与冬日严寒苍白的那片空间判若两地。在阳光下,草地褐蝶蜂拥到草地上,雄蝶们为了一只迷人的雌蝶相互驱逐。

---

[1] Biba,20世纪六七十年代由芭芭拉·胡兰尼基(Barbara Hulanicki)创办、红极一时的伦敦时装品牌,标志和价格标签等字体为黄色。

野外三角地有片树篱，底下阴凉却干燥，我就在这里蹲着。一只暗褐色的鼩鼱从我腿上跑过去。她忽视了我的存在，在老叶子里面疯狂地戳来戳去，像服了安非他命。在接下来的10分钟里，这小小的长鼻子哺乳动物上演了一场恐怖秀，观者只能叹服于她那娴熟的谋杀技能。她用下颌利索地肢解了五只甲虫，然后用吻鼻揉搓翻滚一条灰蛞蝓，或许是为了软化。她也会不时轻咬，鼩鼱唾液中含有一种让猎物失去行动能力的毒素，最终置之死地。她还狼吞虎咽地吃鼠妇[1]，比起粗糙鼠妇（学名：*Porcellio scaber*），她更喜欢条纹鼠妇（学名：*Philoscia muscorum*）。享用每道菜之前，她都会勤快地洗洗。这只鼩鼱不傻，看到一条可能会发起反攻的黑色大甲虫就没敢下手。

她终于决定回家了，回到地里的某个角落。我跟着她，拨开她身后的草。或者应该说，拨开她身后的花——仲夏的草地就是一片跃动的花海：繁缕的白色花朵、染料木的金色花朵、救荒野豌豆的紫花、日内瓦筋骨草[2]的蓝花……我差点错过鼩鼱在栎树幼苗边上那个小小的洞，这棵孤独的栎树苗在为退耕还林而努力。

她是一只普通鼩鼱（学名：*Sorex araneus*），长6厘米，比

---

1 又称"潮虫""西瓜虫"等。
2 又作"直立筋骨草"。

侏儒品种长2厘米左右。鼩鼱要吃许多食物，它们新陈代谢很快，24小时内就能吃下与自己体重相当的食物。所以，它们一直都在觅食用餐，昼夜不停。由于鼩鼱胁腹的腺体会分泌出臭味，哺乳动物捕猎者很少会吃它们。其拉丁学名中的 *araneus* 是蜘蛛：人们曾坚信鼩鼱和蜘蛛一样是有毒的。不过，长羽毛的猛禽却可以把鼩鼱当作主食，大部分鸟类是没有嗅觉的。

鼩鼱从三月开始交配，一年可产4窝。幼崽16天大的时候就会从窝里钻出来，据说有时会像"车队"一样跟在妈妈后面四处溜达——后一只小鼩鼱抓住前一只的尾巴，妈妈领头，孩子像开火车一样跟在后面。

我倒是想看看这样的拖车队伍，可惜从未遇到。

一个美丽的夜晚，我向河岸地走去，穿过锥足草。蓝山雀在树篱中跳进跳出，身体下面擦着原拉拉藤。斑尾林鸽在死榆木上叫喊着，听起来好像"拿两只奶牛哎，太妃糖要两个"。西沉的太阳将大地笼罩上一层神秘的淡粉色，就连地里围栏入口那平淡无奇的镀锌栅栏门也闪耀着迷人的光泽。

我差不多刚走到草地门口，一架小小的喷气机起飞了。或者说听起来如此。这是一只五月虫成虫，长30毫米，容易看见，也容易听见。我躲闪开。今春寒冷，欧洲鳃金龟（学名：

Melolontha melolontha）出现较晚。这种甲虫又称六月虫，英文中其他称呼还有 cockchafer、spang beetle、billy witch、chovy、mitchamador、kittywitch、kittywitch 和 midsummer dor。除了尺寸大得吓人、尾部有针尖之外，鳃金龟并没什么威胁，躲避它似乎只是无意识的条件反射行为。这只鳃金龟懒洋洋地从我面前飞过，忙着自己的事情：交配和觅食。

一只倒下的欧洲鳃金龟躺在围栏入口，像抛光桃花心木桌掉下的油漆片，上面蚀刻着前卫的白色三角图案。光线和玻璃对欧洲鳃金龟有极强的吸引力，它们会以每小时 1 英里的速度撞上去，这是在玩命。这只昨夜可能冲着拖拉机前灯撞了上去吧。欧洲鳃金龟不属于半翅目，而是鞘翅目。它们的脑袋毛茸茸的，触角怪异如手，看起来十分迷人。我把它捡起来，仰面朝天摆在张开的手掌上，它张开的腿好像莱泽曼多功能折叠刀。也许，它因年迈而自然死亡，并不是因为拖拉机冲撞事故。欧洲鳃金龟短暂而灿烂的一生仅六周而已。

栎树间还聚集了不少鳃金龟，刚结束草丛之下的白色幼虫时代。幼虫期长达四年，它们悄悄咀嚼根系，然后展开透明的翅膀摇摇晃晃地起飞。幼虫很古怪，出来后卷成显而易见的新月形，较厚，长 4 厘米。在英国一些地区，欧洲鳃金龟被称作秃鼻乌鸦虫，因为它们是秃鼻乌鸦的最爱。雌性鳃金龟很快又要开始这个循环了，在某个温暖的夜晚，她会用肚子末端尖尖的尾部在土壤中产卵，这是她用于刺穿地面的工具，不是用来刺穿人类表皮的。

我沿着河畔，花了一个小时在河岸地挥汗如雨地加固栅栏，绵羊下定决心要在上面蹭痒痒把它们推到。（这是发出剪羊毛的请求。）栅栏修好时，山蝠正在找寻行动笨拙的鳃金龟。山蝠是翼手目中的游隼。窄窄的翅膀展开约有14英寸，在草地上空高高飞起，飞向夜空中最早的星星。然后自由落体式下降。山蝠可以边飞边进食，它们在我头顶拍着翅膀，好像上了发条，我确定听到了鳃金龟鳞片簌簌剥落的声音。

山蝠是英国最大的蝙蝠，是能够在空旷处飞翔的品种之一。（约有10%的蝙蝠会被猛禽吃掉。）其他蝙蝠也开始在夜空中飞舞。河畔桤木下，水鼠耳蝠正在捕猎。借着山峦背面最后一缕光，我看见蝙蝠顺着似沼地树篱、在奶牛之间穿梭捕猎。那是马铁菊头蝠在追逐粪蝇。

六月惊雷。草地早就暗了下来，家燕俯冲而下，刮起一小阵白色旋风，它们保持低飞，嘴像一张网，网住迫于天气而低飞的昆虫。山上闪电跃动。某处传来抽鞭子似的声响。

接着雨来了，大雨滴从栎树间落下。欧亚独活和峨参荧光闪闪的小花都被雨水打下来了;那时已经入夜。一只幼狐从林子农场排水沟那边冒出来,我本以为它要去抓兔子,它却沿着草地低垂的边缘匆匆跑向洞穴和干燥处。近来小狐狸在地里游荡得越来越远,但遇上这种天气,哪儿都不如家里好。

残夜,一只苍鹭降落,在地里靠近林子农场的那端啄着什么。我看不见它啄的是什么,只看见那家伙被吃了,体形较大,可能是小兔或大鼠,或此类动物。苍鹭展开硕大的翅膀,飞向依然满面怒容的天空,继续庄严地巡视。蝾螈沟里全是积水,一条滑北螈(学名:*Triturus vulgaris*)从容不迫地摆动四肢划水,吃着蝌蚪,一条巨大的蝌蚪被它塞进嘴里,这长着斑点的水蜥蜴先是像小狗一样甩甩脑袋,然后才把它的表亲吞下去。

成熟的牧草已经结满重重的草籽,被狂风暴雨打趴。不过,这些草遭遇打击之后都昂起了头,至少可以说大部分都是。黑麦长矛般的细脑袋防水性最好,鸭茅毛茸茸的脑袋还有洋狗尾草直立的尖塔要再久一点才能竖起来。

**6月9日** 我在读格雷子爵(Viscount Grey)的1927年著作《鸟类的魅力》(*The Charm of Birds*)。格雷是一位外交大臣,带我们窥探"一战",他为欧洲大陆堕落前的世界撰写了墓志铭:"整个欧洲的灯火皆已熄灭,有生之年我们无缘再见灯光亮起。"从政,格雷不情不愿,对他来说观鸟更快乐。不过,1910年6月9日,格雷得到了一个将国家要务与个人乐趣结合起来的机会,他陪美国前总统西奥多·罗斯福沿着伊钦(Itchen)的河谷来了一次"观鸟之旅"。途中,他们看到了40种鸟。

这个显而易见的问题常常困扰着我:倘若今天故地重游,他们还能看到多少种呢?

**6月10日**　我们有一头奶牛逃进草地了,她并不想回到似沼地那片稀疏的牧草地去。我赶她回去,她开始摇头晃脑地闹脾气。赶奶牛有个妙招:如果你站在奶牛后面,伸出左臂,它就会向右走,反之亦然。兜圈子发号施令片刻后,她稳稳走上正轨。奶牛不傻:她旷工被抓个正着,知道游戏到此结束。她垂头丧气地走向似沼地的小门,我跟在后面。在这个一人独自赶牛的经典画面里,我正是那个孤独的人类。这是我们多年不变的分工,这段旅程是一种无言的陪伴。我拔起一根草茎嚼起来（梯牧草，已经结籽，令人心醉），想让这种乡居的恬淡更完满。

　　草间传来一阵绝望的尖叫。一个田鼠窝被奶牛的蹄子踏开，这个窝是一团草球，虽然早上在下雨，里面却是干的。窝里露出三只还没睁开眼睛的棕色小田鼠。一只田鼠宝宝被压到了，皮开肉绽。我竭力掩盖田鼠窝，用威灵顿靴迅速踢开血淋淋的尸体。

　　奶牛产生的压力约为每平方厘米1.5千克。我脚上每根骨头都曾被粗心大意的奶牛踩断过。毫无防护措施的新生小鼠又怎能躲过？

　　但奶牛蹄子并非总是惹祸。牛蹄印可以为一些无脊椎动物提供产卵所需的小气候，阿多尼斯蓝蝶[1]等就很需要。

　　**6月12日**　树篱中山楂花谢了，变成诱人的樱桃红。周围昼夜浮动着白蛾子。草丛最深处，正午都可以保湿，里面有青蛙。草地树篱东边和南边的西洋接骨木花开了，忍冬也

---

1　学名：Lysandra bellargus。

开了。百脉根在草地下层开出红黄相间的花朵，这种植物的颜色像极了培根炒蛋。一团团花粉悬浮在草地上。夜间凉爽，棕色和黑色蛞蝓沿着草地滑行。奶牛喜欢站在围栏入口观望，那里紫花盛开的蓟已有一米高。

基斯·普罗伯特从小径走来，问我要不要借他刚买的赫里福德公牛。"上个礼拜买的。就因为他，儿子们在说我呢。"居然有人愿意买赫里福德牛，真是想不通，比利时蓝牛或西门塔尔牛才是优选。

我能理解其中缘由。比利时蓝牛肌肉发达，而西门塔尔牛就像一台机器。赫里福德牛是一种传统，是一种陪伴，是一种老习惯。

躺在地里做梦多美妙。我听从直觉，随意地躺成一个十字架——在大自然面前张开双臂，同时表示欢迎和臣服。胳膊僵直地摆在体侧是死亡的姿态，进棺材的态度。

头顶，一只云雀振翅飞入雾中，一边飞一边为自己的领土唱出一顶用歌声织就的丝绸帐篷，最终在我的视线中缩小成一个点。

这是一只雄鸟,他在捍卫自己的领土。可他爱侣的巢在哪里呢?

只能在地上行动的我,花了一个小时才找到云雀的家——藏在一团草丛中。我小心翼翼拨开草叶,露出三只带斑点的棕色鸟蛋。算是找到宝贝了。

对大自然的痴迷,始于顽童时代。十岁那年,我就和同辈亲戚还有一条狗游荡几个小时,爬树去掏斑尾林鸽陶瓷般剔透的鸟蛋。在第一张学校照片上,我毛衣上少年鸟类学家俱乐部(Young Ornithologists' Club, YOC)的蓝布徽章清晰可见,那是故意把运动衫翻领往后拉才露出来的。我第一次发表文章,就是刊登在YOC杂志《鸟类生活》(*Bird Life*)上。[下一篇发表在《卫报》(*The Guardian*)上,不过,哎哟。]父母忍耐我多年,一次次带我去斯利姆布里奇野生鸟类信托基金会(Slimbridge Wildfowl Trust)。我的卧室就是骨架、喙和爪子的标本博物馆,我最引以为傲的藏品是海鹦[1]的喙和腿,在博斯(Borth)海滩上找到的。这件藏品被放在一个透明塑料盒里,看起来像是独具异域风情的胸针,盒子原来装的是天美时(Timex)手表——70年代男孩的必备品。

---

1 又称"善知鸟"。

# 6月
June

尽管天气阴沉沉的,还是有草地褐蝶(学名:*Maniola jurtina*)在飞舞。草地褐蝶体形中等,可通过前翅橘色块上独特的"眼点"来识别。其幼虫以当地各种草类为食,如剪股颖、草甸羊茅、鸭茅还有草地早熟禾。若非迫不得已,它们绝不会远离这片地,今天交配飞行的草地褐蝶可能永不会离开这5英亩地。

两只草地褐蝶在一片荨麻叶片上面对面交配,雄性在上,雌性在下,头朝上,二者身体部位拼出一个完美的心形。

狐狸幼崽现在已经小心翼翼了,对新事物充满恐惧感,厌恶日光,对我保持警惕。我至少有一个星期没见到它们了。后来有一只被伊迪斯从灌木丛中赶出来了,狐狸常常在灌木丛中躺着休息。除了繁育和严冬时期,它们很少待在地下。清瘦的幼狐一溜烟钻过栅栏跑进地里,而中年发福的伊迪斯却要先找到大洞才能钻,那时狐狸在她视网膜上只剩下渐渐退去的影子了。

一个身手敏捷的形象闯入我的脑海——我们已故的迷你杰克罗素梗嗅嗅。多年前一个可怕的十月午后，同样是在这里，他把雄狐赶出来了。小狗开始全速追赶那只体形更大的犬科动物。两个都没停下来想想这是多么的荒唐可笑。狐狸要大上十倍呢。

在地上躺着的不只是狐狸家族。一些兔子幼崽也在林子农场岸边的长草上休息。下午它们小心翼翼地吃草，然后玩起许多哺乳动物幼崽都喜爱的追赶游戏。

**6月19日** 仲夏将近，日光消人睡意。每天的日照时长为17小时，是仲冬时节的两倍。倘若将英格兰夏夜的时长计入"永恒"，这个词就不够用了。我决定到地里四处转转。在似沼地里走着走着，两个动物的身影出现了，一动不动地站在草地远处。一只狐狸和一只獾狭路相逢：獾一动不动，狐狸的脑袋向前伸着，30码开外就能听到他愤怒的嘶吼。獾无动于衷，狐狸只好放弃，跳进草地，绕开这尊黑白神像。

**6月20日**　我躺的地方附近有只死鼩鼱，皮毛光滑。尸体余温尚存。我只能看见它脖子间潮湿的皮毛上有处被咬过的小小印记。鼩鼱至死都会捍卫自己的领土。

小鼻花[1]的确会响。虽然这种植物的一些土名字暗指种荚里摇晃的种子听起来像孩子的玩具（"拨浪鼓"）或袋子里面钱币晃来晃去（"牧人的钱包"），但赫里福德人却为小鼻花（学名：*Rhinanthus minor*）笼上了一层悲凉的气氛。在当地，它被唤作"死亡拨浪鼓"。它也的确会引发某种死亡。严格地说，小鼻花是一种半寄生植物，尽管它们可以进行光合作用，但更多还是用自己的根抓住别的草，吸走它们的生命。在野花草地的形成过程中，小鼻花几乎可谓是必不可少的，它不仅能抑制生长旺盛的草类，春日还会开出黄色的花朵引蜜蜂前来。这种植物在这片地里只是间隔分布，主要集中在中部和北端光秃秃的干燥土地上。

我一不小心惊动了草地鹨的巢，雌鸟飞起来，拼命转移

---

1　英文 yellow rattle，字面意即黄色拨浪鼓。

我的注意力，她振翅在草上飞了5码多远，来到一片稀疏的草地趴下，伸出一只"受伤"的翅膀，尾巴在地上像扇子似的铺开。我不想让她失望，跟过去了。此刻，她发出银铃般的大笑，飞过树篱，飞进似沼地。

多年前，我背叛了自己设定的这条原则：只养喜欢的牲口。所以我买了12头赫布里底羊来补充原有的雷兰羊和设得兰羊，它们体形较小，黑色，长角，原始，长得几乎一模一样。这12只黑羊，我只喜欢领头的希尔达，她有着迈克尔·杰克逊那样翻起的鼻子和永不满足的胃。一位邻居捐来一头公羊，他叫……公羊仔。赫布里底羊是一种多功能小羊：在下草地这种状况不错、牧草多样的地方，它们繁殖能力强，也很健康，羊肉鲜美，羊毛有光泽，英国羊毛销售管理委员会（Wool Board）和私人买家开价都比较高。如果农场主对环境效益有较高期待，也会青睐这个品种，这是"可持续放牧"的省钱选项。

但它们会像小鹿一样逃跑跳走。我给羊剪毛的时候，有一头就跳出棚子的围栏，跳进我挥舞着电剪刀的地方。她想从我头顶跳过去，我俯身闪到一边才避开她的脑袋，那脑袋和墓碑石一样硬实呢。

二十多岁的时候剪羊毛倒没什么，四十多岁就要命了。

## 6月
June

"腰酸背痛"的定义真应该写成"长时间用新西兰式剪羊毛"。

差不多所有人都采用新西兰式剪羊毛:让绵羊屁股着地,背靠在人腿上,用电动剪刀向下修剪。

刚开始,我的速度还(比较)说得过去,两分钟剪好一头,剪子整齐地从羊毛里面黄色的羊毛脂线下滑过;剪到第22头的时候,我的速度已经慢到五分钟一头,并且要下"两剪子"了——因为一剪子下去不到位。我还严重划伤了一头母羊的皮肤,接着猛喷了一阵紫药水。剪到第26头的时候,我感觉自己有140岁高龄。剪到第31头,我开始糊弄了。我把拖拉机停在小径上,这样就没人发现了。剩下的羊,我直接让它们站着剪了,头上套笼头,拴在门上。这样我好坐着剪。

但我绝不会告诉任何人,这听起来太丢人。

我的背都要断了,精疲力竭,已然变成道林·格雷阁楼中的画像[1]。但由于不断接触羊毛脂,我的手像婴孩般细腻润滑。

---

[1] 指爱尔兰作家王尔德(Oscar Wilde,1854—1900)的长篇小说《道林·格雷的画像》(*The Picture of Dorian Gray*)。主人公格雷是个俊美的少年,有人为他画肖像,他祈祷所有岁月带来的沧桑和罪恶都由画像来承担,画像由此变得苍老邪恶。——编者

仲夏夜，我这辈子中最奇怪的时刻之一降临了。晚上十点钟，我去小围场把鸡棚关上，半明半灭的光闪耀着魔法。但仲夏夜总是恶作剧小精灵、小仙子和奇迹出现的时刻[1]；仲夏夜，我曾听过一只夜莺在山谷里歌唱，仅此一次。

我关上小门洞没多久，三匹马和一头驴就悄无声息地从树篱阴影中冒出来了，把我围起来，后腿直立蹦蹦跳跳，像旋转木马一样。它们绕着我跑啊跑，越来越快，越来越野，越来越疯。说实话，我吓坏了，乔治呼呼的马蹄旋起风，吹过我的脸庞。小跑的驴子在圈圈里最慢，是打开缺口的逗号，我从她面前猛冲过去，冲出小围场，几乎是跳过这片地的栅栏门——我上一次这么跳，还是几十年前校运会的时候。背越式跳高。

马继续绕着棚屋兜圈，直到我的泽布打破圈圈，体贴地向我跑来，轻轻拖曳我的衣袖，然后他又彬彬有礼地拽了一下。

动物当然会说话。那一刻，我们融为一体，不可分离。我能看穿他难以捉摸的栗色脑袋里面在想什么，看见他动物

---

[1] 在莎士比亚戏剧《仲夏夜之梦》中，精灵恶作剧不断。

思维的每一步缓缓运转。我也是动物的一员，他希望我也能加入游戏。

我吻了吻他的脑袋以表歉意。他又回到了旋转木马圈圈里。

魔法还没结束，驴子雪滴花也慢慢过来，用她的嘴唇拽我衣袖，也想邀我加入。她也得到一吻，然后蹒跚而行回到游乐场，回到单纯的、流光四溢的缥缈之中。

地里还有一种新的嘈杂。草地雏蝗（学名：*Chorthippus parallelus*）也开始唱，但此一声，彼一声，中有间歇。这种绿色小蝗虫的歌声是通过摩擦发出来的——后腿内侧的音锉摩擦前翼。它们在日光中"唧唧"叫——这拟声词比原声好听多了。雄性的声音比雌性更大、更持续。草地雏蝗不只是乐师，还是草地肉食动物的蛋白质供应者。

一只乌鸦不怀好意地跳来跳去。但这鸟儿心有余而力不足。草地雏蝗屈膝，后腿外皮皱成弹簧，肌肉一松，就利用这股力量弹射到另一片草里去了。乌鸦只好眼巴巴地看着蝗虫跳走。蝗虫起源于3亿年前的石炭纪——它们也是这片土地上先于人类的地主。

**6月27日**　在河岸地两棵老苹果树的伞盖下，奶牛们正等康斯太勃[1]来为它们作画。

六月某天，仿佛置身于西班牙热浪之中，我盘点库存，在河边停下喘口气，这条河绕山而行，清澈见底，可以看见水底马赛克般的绿色和粉色鹅卵石。沿岸有一片迷人的对叶金腰。河水发出悦耳的音乐，后面高高的红色河堤上，多年来翠鸟挖洞挖出了查科峡谷[2]，一间屋子的居民喷溅出腐臭的黑色黏液。翠鸟清理排泄物很邋遢：直接从前门推出去。

正当我昏昏欲睡，河湾那边一枚棕色鱼雷从水中发射，探头扫描。轻盈地扭一下，灵活地转一下，再像体操运动员那样翻个身，然后这水獭从河里爬上来了，正好停在我面前的鹅卵石上。

这20码的河段有些特别，后面的红色黏土河岸桤木重重叠叠，谁都会觉得这是属于自己的私人空间。水獭也不例外。它用鼻子轻擦胸口，开始梳洗打扮。

---

1　John Constable（1776—1837），英国风景画家，作品多描绘乡间。
2　Chaco Canyon，位于美国新墨西哥州，北美重要的古印第安文化中心，峡谷内有多个村庄，村里有一些多层房屋，每层有多个房间。

19世纪自然作家理查德·杰弗里斯[1]在《猎场看守人》(The Gamekeeper at Home)中论"如何"观察动物,实乃至理名言:

> 观察秘诀在此:一动不动,保持安静,这些野生小生灵能够凭借本能判断别人是否带有恶意,你要假装没注意到它们——如果靠得很近,它们一定会看眼睛。只要你自然地通过眼角观察、斜视或跃过它们头顶看远处,就没问题。

我谨听杰弗里斯教诲,跃过水獭的脑袋观察;近在咫尺,我能看见每根滴水的胡须。

可惜用我手里那根粉色绳子拴着的博得猎狐犬鲁伯特并不懂杰弗里斯观察原则。我能感觉到他肌肉紧绷。他肯定盯着水獭看在,还龇牙咧嘴。

梳妆打扮 两分钟后,水獭突然停下四处张望。发现我们了。泰然自若地缓缓爬过浅水滩的石头,爬上远处的河岸。这不算逃跑:用军事术语委婉地说,它撤退了。在水中,水

---

[1] Richard Jefferies(1848—1887),英国小说家、散文家,以描写乡村和自然著称。

獭煞是威风，强大有力，攻击目标明确。在陆地上，它就是一条蜷缩的太妃色腊肠犬。

怪得很，我突然联想到爱德华时代衣冠楚楚的绅士。（把水獭拟人化，和把鼹鼠拟人化一样容易。）然后，我又不安地想起布里斯托尔动物园——那是之前我唯一近距离观察过水獭的地方。我不开心地意识到，在布里斯托尔动物园的水箱见过水獭，让这次野外观察贬值了。看到实物前先看了复制品。人造场景先于自然观察亲身体验。

这难道不是当今的我们都会遇到的问题吗？难道《秋季观察》（*Autumnwatch*）[1]不会抹杀我们博物学爱好者的观察体验吗？

或许是因为我读历史专业研究生的时候，瓦尔特·本雅明的《机械复制时代的艺术作品》[2]读了太多遍？

一只黑色狼蛛从树篱底部地面的缝隙里爬出来，谨慎地向草间爬去。这是一只雄性的带豹蛛（学名：*Pardosa amentata*），

---

[1] 英国BBC拍摄的实景生态节目，分春、夏、秋、冬四季。
[2] Walter Benjamin（1892—1940），德国哲学家、美学家和文艺批评家。《机械复制时代的艺术作品》(*Work of Art in the Age of Mechanical Reproduction*)，本雅明在该书中论述了机械复制技术对艺术的影响，指出复制性对原真性的影响。

## 6月
## June

我想。狼蛛不织网，直接捕猎。它脑袋上有八只眼睛，分三排，看得很清楚。第一排有四只小眼睛，第二排有两只大眼睛，第三排有两只中等大小的眼睛。（如果不用放大镜，前面四只小眼睛很难看出来。）论偷窥，他眼睛比我好使。他比我先看见雌蛛。他停下来用前脚拍地，雌蛛一动不动。在接下来的一分钟内，他小心翼翼地碎步疾跑、停下，再碎步疾跑、停下，直到与雌蛛面对面。然后他在脸侧挥舞爪子，像是蹩脚水手打旗语。草丛底下腐臭秘密世界里的求婚就这样开始了。

他谨慎行事是明智之举。在蜘蛛的世界里，雌蛛比雄蛛更加心狠手辣。蜘蛛女士以交配后把追求者吃掉而著称，名不虚传。但究竟为何如此，至今尚无定论。一些生物学家认为这仅仅是雌性饥饿加之美餐无法逃跑共同作用的结果，还有的则猜测雄性牺牲自己是为滋养后代。换言之，雄性成为情人的美餐，一定程度上是在给子女输送养分。

他用脚轻拍。尽管雌性眼中满怀恶意，但他发出的震动一定还不错。这种前戏可以长达数小时。有时只需几分钟，比如今天。雌性接受了他。而他匆匆离开。明智啊。荒唐，我同情地长吁，为他舒了口气。

其他狼蛛已经交配过。被风吹开或被动物拨开的草丛里能晒到太阳，一些雌蛛在那里享受日光浴，温暖她们尾部难看的卵囊。产前日光浴，她们喜欢用陈年的鼹鼠丘。

我决定去找蜘蛛，我带了一个夏洛克·福尔摩斯都会羡慕的放大镜。我的成果：在蝾螈沟找到了可以在水上行走的真水狼蛛（学名：*Pirata piraticus*）；草地和树篱间还有奇异盗蛛（学名：*Pisaura mirabilis*），这是一种相对较大的狼蛛，雄性会把死苍蝇或其他昆虫用丝包裹起来，送给雌性献殷勤；德氏粗螯蛛（学名：*Pachygnatha degeeri*，肖蛸科）；*Clubiona reclusa*（管巢蛛科）；*Clubiona lutescens*（管巢蛛科）；*Lepthyphantes ericaeus*（皿蛛科）；*Lepthyphantes tenuis*（皿蛛科）；在这片地的上层植被和地面杂物之间，还有草地里最常见的*Dismodicus bifrons*（皿蛛科）；*Gongylidiellum vivum*（皿蛛科）[1]；以及乡间侏儒蛛（学名：*Meioneta rurestris*，皿蛛科）。皿蛛有不少亚种，是草地最常见的蜘蛛之一。据我估测，我现在同逾200万只小蜘蛛共享这片草地，它们多半不超过5毫米长。蜘蛛们会消耗逾230千克无脊椎动物。在草地上生活的皿蛛，谋杀手法优雅非凡，它们先把猎物裹在丝线中，然后再一口咬下去注射毒液。

---

[1] 本段斜体部分均为作者直接使用的蜘蛛拉丁语学名，中文物种库亦暂未标注通用名称，故直接保留拉丁名，以便爱好者查找。

这些丝线也是蜘蛛游走的交通工具，是它们的私家飞毯。

**6月28日** 我在燕语呢喃的天空下往河岸跑去。两头格洛斯特郡花猪从果园跑反。和逃跑的奶牛一样，它们也冲着草更茂盛的下草地奔去，用吻鼻把下草地围栏入口的门链子拱开了，现在正吃得起劲，嘴巴像癫痫患者一样糊着绿沫。这些猪喜欢吃苜蓿。

弗蕾达小时候，我记得约莫八岁的样子，我们记不得把她放哪儿了。找不到孩子的时候，40英亩地可不小，一条河沿着东界流淌，一条车道沿着西界延伸。车道上还有车。

弗蕾达恰在正午前消失，那天太阳好像锁在我们头顶，这片地屏息凝神。潘妮很少发慌——她在房子和花园有计划地展开搜索，而我则迅速穿过地里去河边。很快我就跑起来了。大声喊。水中会出现奇怪的形状——露出的塑料饲料袋、天晓得从哪儿冲下来的破镀锌水桶，一看见我就会设想最坏的结果。

无果。我大汗淋漓，蹬着威灵顿靴开始向山上跑——平日我可没这能耐——我决定从猪圈抄近道，去通往车道的那片地。正当我急急冲向金属门，溜进猪圈裸露的土地时，我瞥见弗蕾达的衣服混在一排粉色的猪里面，像香肠裹在包装盒里。

我可以描述世界末日听起来是什么样子的。那是钟罩里的一声闷响。我可以描述世界末日看起来是什么样子的。周围一切似乎都在消解融化，生活就像幻觉一场，是宇宙永恒膨胀的混沌中一道美丽的屏障。那一秒我吓坏了，我以为弗蕾达被猪吃了。

我跟跟跄跄地走上前去——嘴巴张成蒙克的《呐喊》中那张脸上的O形[1]，一声不吭——我看见弗蕾达还在衣服里。我看到她完好无损。我走到她身边，抚摸她玫瑰色的美丽小脸蛋，她依然在呼吸。世界的色彩又恢复了。时间又加速返回正常维度。或许是幻觉，但我确信那一刻鸟儿也开始歌唱。弗蕾达夹在两头猪之间睡得正香。感到我的手指抚过她的面颊，弗蕾达睁开眼睛。"嗨，爸爸。"她说着侧过身去，抱住旁边那头猪。猪被惹烦了似的轻轻哼哼，又挪过身体给她腾出地方，翻了个身，像所有猪晒太阳时调整姿势那样。

关于猪，我还有另一段回忆。我小时候的。那时候我约

---

[1] Edvard Munch（1863—1944），挪威表现主义画家。《呐喊》创作于19世纪末，其上一扭曲人形捂住两侧面颊，嘴巴张成O形。

## 6月
## June

莫六岁，站在一个戴维斯·布鲁克（Davies Brooke）柠檬汽水木箱上，胳膊靠着祖父母家猪圈坚实的墙壁。猪四处乱转，激动地尖叫，因为它们已经闻到厨房里用剩菜煮饲料的味道了。很快，爸爸爹爹就要把这些饲料倒进它们的金属食槽了。"爸爸爹爹"是我们对祖父的称呼。倒饲料时，我偷偷打量祖父细细的胳膊——袖管以下都是皮革棕色。我总是很迷恋他的胳膊，五十年务农练就的肌腱，像钢缆一样绷得紧紧的。

猪们推推挤挤，维持猪群特有的秩序——它们严格遵循等级制，等级最高的猪可以率先选用自认为最大最好的份儿。"约翰，养猪啊，这个要记住。"祖父说着，突然用锹戳了一头猪的耳朵。猪哼哼起来，声音好像是从远古的原始沼泽中传来的——铁锹被啃了。爸爸爹爹缩回铁锹，弯腰指指锹头，轻轻把锹转向晨光。猪在铁锹上留下了深深的牙印。祖父话不多，但事实胜于雄辩。任何一种能在铁上咬出牙印的动物，都能咬掉人的胳膊腿儿。

猪最让人头疼的是，你永远无法确定它们会做出怎样的反应，谁也不知道会是憨乎乎一片风平浪静，还是暴力攻击。暴戾的格洛斯特郡花猪不想被从草地上赶走，有一头还突然转过身来想咬我。相比之下，鲨鱼的嘴巴还要温柔、精巧一些呢。

赶回猪圈时，它们已经在阿兹特克[1]大太阳底下晒了太久，淡淡的耳朵已被灼伤成红色。我给猪的耳朵抹防晒霜时，它们发出了满意的哼哼声。

喜欢我牧草的不只是格洛斯特郡花猪和坏脾气奶牛。灰暗的夜晚，獾一家子也会嗅着鼻子跑来吃。

在林子农场废弃谷仓那边长大的小寒鸦从天空掠过。一只红隼从草地飘过，阳光穿过黄花柳，这个捕猎者得以隐身其中。下面的田鼠在草间的地道里跑来跑去，边跑边尿。据猜测，鹰可以看见尿液反射的紫外光。树木向山下叹息的草地投下阴影。食蚜蝇嗡嗡飞过峨参的白朵。菜粉蝶蜂拥到蓟的头状花序上。蝗虫和蜜蜂伴清风吟唱，鸟儿齐鸣相和。一切都在运动。

不过草蛇没有——它安静地躺在门边一块石板上，看起来很奇怪，有点失真。这是我全年唯一一次邂逅草蛇。我又

---

[1] 阿兹特克人是北美洲南部墨西哥人数最多的一支印第安人，其中心在墨西哥特诺奇，于16世纪被西班牙人征服。他们崇拜太阳神，重要文物之一是太阳历石。据阿兹特克传说，曾有过四个太阳，但都被毁灭，后来存在的是最后胜利的第五个太阳，这些故事刻在太阳石盘上。

抬头，看鹰是否依然在盘旋，柳间的光影游戏让我难以分辨。可等我再看蛇的时候，它已经不在了。

**6月29日** 山顶阴云密布，笼罩山谷，笼罩草地，一直蔓延到默林山地里交错的阡陌。还有其他生灵正在窸窸窣窣地活动，蝾螈沟有许多闪闪发亮的小青蛙，让沟里和周围的苔草都跟着颤动起来。

**6月30日** 割草的日子近了。割晒干草时，农民会从尘封的谷仓角落里开出老拖拉机，我也不例外。我一整天都在修整我们1978年的"国际牌474"（International 474），还有带护刀器梁的割草机，固定在拖拉机后部，看起来特别像横向园艺树篱修剪机。还有水瓢。一整天都在跟润滑油还有活动扳手打交道。住在马厩焦渣混凝土块缝隙里面的蓝山雀宝宝倒是我的好伙伴。它们还不知道怕，在给我加油鼓劲。

# July

## 7月

魔噬花

07

各种鸟儿的歌声都停了,整片地到处是昆虫无人机般的低音嘈杂。

我查看了一下禾本植物的种类:剪股颖、多年生黑麦草、洋狗尾草、大看麦娘、黄花茅、凌风草、紫羊茅、鸭茅、梯牧草还有普通早熟禾。仅用于放牧的地方:发草。许多禾本植物的种子已经落下,空留种壳。抽穗期刈割,干草饲料质量最佳。但等结籽再刈割有利于野花繁衍——割草的过程可以帮助它们播种。

**7月2日** 晨雾在五只绿啄木鸟的家庭聚会中震颤,声音是从岬角那边爆发出来的。一颗绿宝石一边飞,一边放声大笑。绿啄木鸟以蠕虫和地面昆虫为生，桤木下光照不足的疏草地被它们的喙啄得坑洼洼。

和所有要做农活的人一样，我也能从动物的行为中读取预兆。绿啄木鸟是英国民间的"唤雨鸟"；在法语中这种鸟被称作"雨之啄木鸟"，它嘲讽般的可怕叫喊据说是暴风雨的先兆：

啄木鸟一叫
大雨就来到。

据鸟类学者爱德华·奥尔沃西·阿姆斯特朗（Edward Allworthy Armstrong）称，在新石器时代，绿啄木鸟是某个异教团体狂热崇拜的对象，后来啄木鸟崇拜被其他宗教取代，最终被基督教取代。人们的记忆中依然留下了一些痕迹，有关绿啄木鸟（学名：*Picus viridis*）违背上帝旨意的故事依然广为流传。在一则德国民间故事中，绿啄木鸟拒绝上帝挖井的旨意，生怕弄脏红绿相间的美丽羽毛。作为惩罚，上帝禁止这种鸟儿从池塘或溪流中饮水。因此，绿啄木鸟必须不停呼唤雨水，飞到空中喝雨滴解渴。

随后：暴风雨来了。无疑是绿啄木鸟招来的。

# 7月
## July

**7月3日** 六星灯蛾[1]正在孵化。是什么敦促春天孵化的毛毛虫爬上草茎、作茧自缚，坚信一定有足够时间从里面飞出来的？正当我思索这不可言说的一切时，一只变态小生物已经从草地的小屋中爬了出来：这是一只看起来破破烂烂的黑色怪物，和当初钻进蛹里那婴儿肥、长着斑点的黄色毛毛虫简直判若两物。午后阳光让这种日间活动的蛾子看起来很美，翅膀晾干展开，一见深红色斑点你就会明白它们为什么叫这个名字。不过斑点并非完全是深红色的，更接近鲜红——卡巴莱[2]和柏林红灯区的那种鲜红。翅膀上亮红灯，不仅是吸引雌性的工具，还警告别人最好别吃它们。六星灯蛾幼虫的主食植物为百脉根和野豌豆，从里面的葡糖苷中吸收氰氢酸。成蛹期间直到成年，氰化氢一直都保存着。这种蛾子花哨的衣着警告别人自己并不美味，而且可能是致命的。（在生物学界中，用颜色发出警告被称作"警戒态"。）六星灯蛾在这个充满无限可能的愉快午后破茧而出，它们最爱的蓟也到达了一片紫色的鼎盛时期；百脉根已经在草地下层绽放。一切和谐同步，非常完美。

---

1 学名：*Zygaena filipendulae*。
2 Cabaret，一种歌厅或餐馆的现场歌舞、滑稽剧表演，常用红丝绒色舞台布景。

尽管我费尽心机，想把这片草地的蓟限制在似沼地树篱北端五尺宽的小空间里，它们依旧疯长。蓟大力提倡生存空间理论[1]。散落在草地四处，尤其是手指地和蝾螈沟附近的，是沼泽蓟。对这种两年生植物很难视而不见：它可以长到一米半。最典型的一株被菜粉蝶包围了，菜粉蝶吸食花蜜补充能量，然后浮动欲望之翅，起飞寻找伴侣。

似沼地入口长了许多蓟，不知道那扇门是否还能打开。我等到现在才动手，用钩子把它们砍下来，根据英国最古老的农事规律：

五月割蓟

一日长起；

六月割蓟

操之过急；

七月割蓟，

必死无疑。

---

[1] "二战"前德国法西斯为侵略制造理由而提出的理论，宣扬应掌握本国国土以外的可控领土。

**7月9日**　早上还是湿漉漉的，下午却闪闪发亮，激动人心，我带着伊迪斯去打斑尾林鸽。高高的湿草把我威灵顿靴上面的牛仔裤浸透了，很不舒服。伊迪斯在两棵舒展大伞盖的栎树下，沿着这片地边上巡逻，脖子都湿透了。她突然停下，颈部的毛像动画片里那样猛地竖起来。她发现了一只狐狸幼崽——好吧，现在已是个狐狸少年了。小狐狸正在树根之间干燥的横梁上酣睡，鼻子塞在灌木丛里。一块毛茸茸的红毯子。

我们放过了熟睡的狐狸，伊迪斯大失所望。后来，鸽子也是毫发无损：还没走到50码之内，它们已经从小树丛中扑棱棱飞走了。

**7月12日**　盛夏，整个宇宙的声音都近在耳畔：草地和树篱中万物生长的声音，花粉释放传播的声音，粒子在热浪中浮动的声音，都在渐渐变强，势不可当。各种微小的动作交织在一起，形成持续的嗡嗡声。夏之声。

与此同时，雨燕镰刀般的翅膀划破天空幕布。欧蓍草花亭亭玉立，山楂花已经变成坚硬青山楂果。黑蝇停在蓟上，橘子酱色的纤细士兵甲虫[1]也停在那里，正在尾对尾交配。

我儿子在起居室沙发上留下一堆照片，其中一张上面，他和学校的朋友们拿着一条很长的雏菊花环。我的心思也游走到了花文化上。

过去，姑娘们认为地里的许多花都有爱情魔咒。一边摘雏菊花瓣，一边念叨"他爱我，他不爱我"。摘下黑麦草的麦粒，伴着歌谣，预测未来夫君来自哪个行当："铁匠、裁缝、士兵、水手、有钱人、穷人家、乞丐、贼……"姑娘们还会用每位追求者的名字给田野孀草（学名：*Knautia arvensis*）的不同花苞命名，最先绽放的那朵，名字代表了如意郎君。压下黑矢车菊（学名：*Centaurea nigra*）的花瓣，塞在胸口，如果清晨花朵恢复如初，恋人便是真爱。

让人略感复杂的是《花语》（*The Language of Flowers*），这部送花指南告诉人们如何用花传递秘密的情感。该书由夏洛特·德·拉·图尔（Charlotte de la Tour）于1819年在法国出版，红极一时。维多利亚女王本人就在发间饰以常青藤叶片，象征对阿尔伯特忠贞不渝。

---

[1] Rhagonycha fulva，另一常见名"花萤"。

当然，也有不少女孩儿名来自花朵：黛西（Daisy）、波普伊（Poppy）、普丽姆罗丝（Primrose）。[1]

人们还爱玩花朵游戏，比如"你喜欢黄油吗？"在下巴底下放一朵毛茛花[2]，试探别人是否喜欢黄油。满月之夜，将一朵高毛茛靠在脖子上，或单纯闻闻这花，就足以让人神魂颠倒，故得俗名"疯狂"或"疯狂赌注"。

原拉拉藤黏在短上衣后面。

我最爱将一片厚厚的草叶压在拇指间，压成簧片用嘴吹。吹出的音色取决于草的韧性，好像来自贝多芬的第五交响曲：时而像喷嚏声，时而像白腰杓鹬般的哀鸣，时而像小号。

长叶车前草因深陷的叶脉得名ribwort[3]。其他名字如"士兵"和"斗士"则反映了它们在一些游戏中的玩法，这几个游戏和板栗游戏[4]很像，要用到长叶车前草坚硬粗短的黑色花序。还有的名字则反映了以前农民的老办法：触摸这种植物的叶片，估摸干草里所剩水分，进一步判断干草是否会着火。故得名"火叶""火草"。

---

1 分别为雏菊、罂粟、报春花。
2 Buttercup，字面意为"黄油杯"。
3 字面意为"肋骨草"。
4 英国的一种传统游戏，游戏双方使用七叶树属植物的果实（conker）互相敲击，若一方的坚果被敲碎，另一方则获胜。——编者花粉分析显示，长叶车前草是因为新石器时代农耕活动增加、野生森林减少而扩散开来的。我不禁想，新石器时代的农民会不会也和我一样，发觉拿长叶车前草判断牧草收割时间比较管用。等长叶车前草的花序硬实到可以玩士兵游戏的时候，就该割牧草了。毕竟，这是七月，在中世纪的日历上，这个月写着"用我的镰刀割我的草"。

**7月16日**　在小树丛的榛树下，一只狐狸（我猜是雌狐）坐在那里梳洗前腿的毛，在消退的日光中像一小块红琥珀。10码开外，一只兔子坐在蚁丘上，完全在狐狸的视线范围之内。兔子也在梳洗，用爪子擦脸。它们无视对方的存在。在这充满忍冬气息的迷人夜晚，狮子和羊羔应该可以躺在一起，狐狸和兔子相安无事。

**7月19日**　飞蚁日。成千上万只长着翅膀的黄毛蚁从下草地和河岸地的蚁穴中飞出，涌入温暖舒适的午后。这是一场伴着交响乐的共和国大起义：尽管相隔200码之遥，但两边蚁丘的无产阶级黄毛蚁几乎是同步将长着翅膀的蚁后及其配偶驱逐出去的，下午5:15。

土堆顶上昆虫涌动，它们东倒西歪地升至空中婚飞，雄蚁追逐蚁后，在空中交配。百米高空俱乐部。没多久，长着翅膀的蚂蚁飞起来，形成一股羽烟，到处飞，到处停，落在我的头发上，我的胳膊上，似乎越是拼命掸，身上越多。这股羽烟散开，将草地上浮动的空气染成了灰色。

不同的蚁丘同步计时，精准度可与钟表匠相媲美，这一做法相当睿智。不同蚁穴的蚂蚁同时飞出，近亲繁殖概率就大大降低了。此外，当食物供过于求，天敌也应付不过来：白鹡鸰看见虫子一把抓，斑鸫从溪边栅栏上跳下来直接扑向眼前飞过的蚂蚁，雨燕、家燕和毛脚燕开始在天空中盘旋。但鸟儿毕竟食量有限。

受精且幸存的蚁后将去别处另辟新居。大自然中无废弃物可言，黄毛蚁的尸体将滋养草地的土壤。尘归尘。土归土。肉归肉。

欧蓍草的头状花序是白色的，一簇精致的珠宝聚成小圆盘。但这种植物最明显的特征还是独特的叶片——叶长，裂片多数，其拉丁学名含 *millefolium*，即"千叶"。也许，关于蓍草的传说和民俗要比其他植物多。古希腊人认为这是阿喀琉斯在特洛伊为战士疗伤的植物；中国的《易经》则以干蓍草茎计数作为占卜手段；凯尔特人坚信这种药草具有致幻作用，能够让饮用者看到自己未来的配偶；中世纪英国人更实在：用欧蓍草的苦味调制麦芽酒再合适不过。

我采欧蓍草，是因为拿它泡的茶水清新宜人。

制备干草，收割总是让人头痛的一步，用老办法收割老式草地更是如此。白腰杓鹬雏儿直到七月第三周才会飞，有天清晨我在路边地（Road Field）眼睁睁地看它们离开。那时，我碰巧向草地望去，只见四只白腰杓鹬在打转，然后飞到我头顶，纵队前进，飞过山顶，稳稳向西飞去。它们并不认识我，但这也没能阻止我傻乎乎地像父母一样为它们的离去感到骄傲而难过。

收割牧草的时节里，我还要顾及到野生动植物。七月最后一周，小鼻花的籽才能长好，我想让这种植物好好生长。还有孵蛋的云雀，不过，我绕着她划出了界限，这样她就能毫发无损地待在深草的孤岛上了。草地鹨在孵第二波雏儿，所以她也得到了一片私家孤岛。

每逢备干草，我内心就会波涛起伏，与乡土田园的宁静构成强烈对比。谚语云："太阳照，晒干草。"但在英格兰西部年降水量达40英寸的山下，太阳什么时候才能灿烂地照进来呢？我着了魔似的听天气预报广播，像书呆子一样在网上搜天气预报——尤其是斯堪的纳维亚的天气预报，朋友安妮劝我们说这是最靠谱的，和斯堪的纳维亚的车一样靠谱。我在寻找天气预报中的沃尔沃。

我的确找到了。一位精准全面预报赫里福德郡西南部天气的主持人向我保证，从7月24日开始，十日干燥无雨。

我中午开始收割，那时露水已经蒸发，气温上升有助于花粉传播。整片地弥漫着蜜香。

引发回忆的事情总是很有意思。几年前，我把拖拉机驾驶室的门卸下来了，后窗也卸了，这样坐在驾驶室里会更凉快，体验也更加纯正。（拆卸后，弃车而逃也更容易了。有次驾驶室电子元件起火，我不得不从里面跳出去——仪表盘现在看起来还像是达利的大作[1]。）所以，每每坐进这台几近

---

[1] Salvador Dali（1904—1989），西班牙超现实主义画家，被称为"疯狂的达利"，其名作《记忆的永恒》中绘有瘫软的钟表盘。

敞开的拖拉机，我就会想到祖父的一张照片。他坐在"弗格森T20"里面，一边开，一边转身专注地看犁。才下过雨，T20闪闪发亮，异常闪亮。祖父裹着一件灰雨衣。这台拖拉机没有驾驶室。

根据照片上祖父的年龄和弗格森拖拉机的崭新程度，我猜照片大概是1958年拍的。此后约一年，农牧劳作就被毁了。人们开始往拖拉机上安装驾驶室，农民与自然元素不再亲近，甚至与土地也不再亲近。只要坐在小小的移动办公室里拉操控杆就够了，取暖器和录音机，装备齐全。我坐在有空调和等离子屏幕的拖拉机驾驶室里，电脑接管一切，轻轻松松，在地里来来回回操控拖拉机和附加装置就好。

因为拖拉机无法精准地转弯掉头，所以收割牧草和犁地一样，都是画大椭圆"空心环"，开到一片地尽头来个大转弯，拖拉机的平行轨迹最后就会对接了。

用刀杆收割机咔咔剪了20分钟左右，半英亩地剪好了，割好的草铺成了一条装饰华美的长辫，里面编进了黄色的毛茛、红色的苜蓿、黄橙相间的百脉根，布谷鸟剪秋罗的粉色星星点点，还有白色的锥足草、繁缕、绿毛山柳菊。割下的黄花茅香气浓郁，足以盖过国际牌拖拉机引擎的柴油机青烟废气。空中皓日当头，完美的蓝，宛如创世纪第一天。

田园牧歌式的幻想很快就在发动机的尖啸和一片混乱里告终。收割机撞上了一块石头。(没错，也许就是我的鼹鼠们乱扔的。)一片刀片弯折，另一片断了，支离破碎。

回到屋里，我上网搜了一个小时，拼命寻找可替换的零部件。最便宜的是339磅的二手货，但麻烦在于配送时间：至少三天才能到。所以，我打电话向邻居们借收割机，可要么设备不兼容，要么正在使用。大实话。透过打开的窗，就能听见小山丘和山谷中到处是收割机拉紧旋转的声音。

我想我知道该怎么做了。狂乱中，我连自己到底有没有搬开那块惹祸的石头都不记得了。

在奶牛棚一堆年代久远的工具里，有把长柄大镰刀。死神拿的那种镰刀，一弯山核桃木刀柄，上面两个小手柄[1]。我要亲自动手割草了。

引发回忆的事情总是很有意思。我磨了磨大镰刀，柄着地，侧面朝上，刀刃在磨石上蹭了几下。(用行话说，刀刃是

---

[1] 用这种镰刀割草时，握的是长柄上方两个由金属夹具固定在其上的小手柄(见后文)。

"胡子",镰刀术语的世界真古怪。)父亲以前会在钢板上把周日切肉刀打磨锋利,手法像达达尼昂[1]玩枪那样轻快,我深受影响。

英国镰刀就是个大怪物,沉重的梣木柄,粗糙的钢片。这把镰刀算是件老古董了,我们搬来时它就在牛棚里面了,这是为20世纪初的赫里福德郡人制造的,那时候的人身高5英尺6英寸左右。但被虫蛀满洞的梣木柄足够长,我可以把由金属夹具固定在长柄上的手柄挪动4英寸多。镰刀和枪一样,自己用着顺手才算好。可我从未享受过那种量身定做的顺遂感。

挥镰刀的秘诀在于让刀片与地面保持平行,使之在距离表面仅1毫米处悬浮,并以圆弧绕自己挥舞镰刀。屈膝(假设右手持镰刀),挥动时重心从右腿移到左腿。用镰刀应该像打太极拳那样。我知道这些,是因为我以前用过,少年时代,我曾用镰刀割过家里果园中生长位置尴尬的野草。此后,我一直用镰刀除草。

但今天早上割草时,草总是在刀片前弯腰低头,然后突然咯咯笑着站起来。那会儿草已经半干,收割效果不好:用

---

[1] 19世纪法国作家大仲马长篇小说《三个火枪手》中的主要人物。

镰刀，真该趁清晨草上露水沉沉的时候下手。

不停挥镰刀是个体力活儿。刀片每隔十分钟就需要打磨一次（行话是"磨亮"），没过多久，我就开始期待从桶里捞出磨石、沿着刀片摩擦的休闲一刻了。我的手也开始起水泡。背痛，至于脸，说得通俗点儿是"被太阳灼伤了"；说得不那么好听，看起来就像到了贝尼多姆[1]的英国人。我的手指划出了深深的伤口——我傻乎乎地把手挨在刀片边上检查有没有磨好。在太阳底下站了两小时，约四分之一英亩的草割好了。要是用拖拉机，5分钟就好。如果有的话。

潘妮出现了，像天使一样，她汗如雨下，端着一杯茶。"怎么样了？"她扮个鬼脸问道。

"棒极了！"我喊道。我也不是开玩笑。这十年来做农活儿，除了给牛犊子接生，没什么比这更让我满意了。

我处于近乎狂喜的状态。我用镰刀亲手割好的草，在弯弯的刀片左侧整整齐齐排成一排（"干草列"）。离黄花茅如此之近，我猜在阿卡迪亚[2]，人们一定用它做芳香剂。但让我想放声高歌的是这些草的模样和质感。我又重新找回用镰刀

---

1 Benidorm，西班牙阿利坎特省（Alicante）的海滨度假地，日照充足。
2 Arcadia，希腊地区名，故地在伯罗奔尼撒半岛中部高原，在希腊、罗马等文学作品中曾被誉为世外桃源，今属阿卡迪亚省。

的手感了,刀片落下之处,割下的草如丝绸般润滑,在彼此之上跳跃、滑动,颇有玻璃的质感,不像草。

用电动收割机收下的干草,割下时挤压更严重。我本觉得这是好事——擦伤的草释放水分更快,毕竟,割完草还要晒干。但这些草让我恍然大悟。用镰刀收割的牧草,品质既可以看出来,也可以嗅出来。

那天下午,我用耙子翻了一次干草列。

我记得自己读过一段文字,讲手动收割牧草的好处,于是便在记忆的迷宫中寻寻觅觅,最终在约翰·斯图沃特·科利斯[1]的《蚯蚓原谅了犁》(The Worm Forgives the Plough)里面找到了,这部自传体著作讲述了他在"二战"期间种地的故事:

> 做农活的人很少夸赞什么,也不怎么承认自己很享受某种劳作方式;除了老农,没人反对引入机械设备。但割晒干草却是例外——无论如何在这一点上绝对是这样

---

[1] John Stewart Collis(1900—1984),爱尔兰学者、作家。——编者

## 7月
July

的：现在的做法人人厌恶，老办法人人歌颂。我们那时候割草很尽兴，他们说。那时收干草相当于度假，全家都聚在地里，准备丰盛的野餐，更别提有多少啤酒可以喝了。

夜晚，我走在小路上，走在一排排割下的草之间。这片熟悉的地，编成了一股股发辫，感觉有点不协调，几近异域风情。享受度假自由、欣赏全新草地景致的，不只是我一个。远处河岸下，小兔们正在欢快地兜圈子飞奔，之前高高的草丛让它们手脚放不开，现在终于解放了，它们欣喜若狂。

看看八分之一英亩还没割好的潮湿角落，就能回想起今天破晓时整片地原来是怎样一番景象了。喜欢潮湿环境的魔噬花怒放，可见草地有多么古老，圆圆的淡紫色脑袋，轻轻点头，这种花远比名字美丽得多。

为什么这花名字会和恶魔联系起来呢？据15世纪草本植物志《健康花园》（*Hortus Sanitatis*）记载，这是魔鬼专用的暗黑材料，是他力量的源泉，当圣母玛利亚扼制他的邪恶时，他恼怒地将这种植物的根咬掉了。另一则解释与其根系被咬的故事正好相反，称魔噬花（学名：*Succisa pratensis*）治疗人类疾苦非常有效，路西法被激怒，把它的根嚼到只剩半截，使其功效减半。在这一版本中，该植物命名中的scabious[1]指人们推测这种植物可以治疗皮肤病。

魔噬花自然是金堇蛱蝶[2]的食物来源，这是英国稀有蝴蝶品种之一，在过去的一个世纪中，数量减少一半以上。七月，这个角落的魔噬花常常会被金堇蛱蝶的黑色毛毛虫包围。这种蝴蝶反复无常，本地群落也莫名其妙的不断减少。但我们这边不会少，对吧？

次日清晨，我起得和云雀一样早，早早走向布满露水的草地。今天我准备得更加充分：我找出父亲以前用的棕褐色驾驶手套，好像在宣布"用我这副手套，跟来杯金汤力酒[3]一样消暑来劲儿"，这种到了母亲手里，肯定会用她从田园休闲店买的骑马头巾装饰一下；我还用小塑料矿泉水瓶做了个

---

1 该词在英文中有"结痂"之意。
2 学名：Euphydryas aurinia。
3 又译作"琴汤尼"，一款由干杜松子酒（金酒）、汤力水、柠檬片、冰块等调制而成的经典鸡尾酒，英国夏日颇受欢迎的饮品。

磨石座,可以挂在腰带上。我没有像样的干草耙,所以直接拿园艺耙改了改,用钳子把尖头分开。

把干草列耙开铺散后,我开始用镰刀割草。等到农家雷打不动的上午茶解渴时间,我已经割完了四分之三英亩。

嘶,嘶。听草叶在刀片下轻轻落地。

8英尺宽的草在我身后一列列平整地铺开。过去手快的农民估计一天就能把这5英亩地割完——我经验不足,一天一英亩就不错了。好吧,嫩了点,体能不够:当代人,哪怕是平时干体力活的,也赶不上维多利亚时期的农民。但斯堪的纳维亚天气预报之神给了我十天呢,来得及。

用刀片舞出圆弧的动作,加之镰刀挥过高高草丛时沙沙作响的声音,催眠效果非常好,我做起了白日梦。收干草的一定是田野哲学家:

我虽异事,及尔同僚。
我即尔谋,听我嚣嚣。
我言维服,勿以为笑。

先民有言：询于刍荛[1]。

——摘自《生民之什》[2]

以前人们需要预测或求解自然现象的时候，就会问割草人呢。

罗伯特·弗罗斯特在《割草》(*Mowing*)中声称，用镰刀割草是"农人最甜美的梦"。我的长柄大镰刀也向泥土低语，留下一排排干草。

14岁那年，我爱上了瓦伊（Wye）河畔的一片鲜花草地，在一扇木栅小门的衬托下煞是好看。我爱的一切，几乎都与草地有关。鹅、绵羊、奶牛、马匹。就连狗也是会吃草的。

约翰·克莱尔在地里寻得诗篇。有时我也会在地里拾得妙语。为播种收获美文而耕耘，没什么比这更美妙了。

---

1 刍荛：割草打柴的人。
2 具体出处为《诗经·大雅·生民之什·板》，本书英文原版对应的诗句摘自美国诗人、文学评论家埃兹拉·庞德（Ezra Pound, 1885—1972）译本，庞德为美国"意象派"诗歌运动重要代表，译介中日古典诗歌并从中借鉴应用于英文诗歌创作。

我从未离草地的动物如此之近。离紧紧抓住倒下羊茅草叶上的盲蝽如此之近，离准备向盲蝽铺上去的青蛙如此之近，离哪怕刀刃滑过身边都在白车轴草[1]上吸食花蜜不肯松口的草地褐蝶如此之近，离躺在那里像白尾巴螺栓似的兔子如此之近。

过去，人们割牧草的时候会把裤脚扎起来，现在我终于明白为什么了。一只晕晕乎乎的棕色田鼠向我跑过来，匆匆忙忙地爬上我的腿，锋利的小爪子抓住我的肉。因为我穿着大裤衩，一瞬间真的紧张了起来。我高声尖叫，还试着跳苏格兰舞，田鼠被逼无奈跳下去了。

1点钟，我已经割完大约1英亩。整个下午都忙着给牧草翻面，把它们晒干。

尽管夏日处处是或隐或现的小动静，但风景中还是有一种凝滞感，好像被困在玻璃罐里一样。

次日清晨我稍作调整，起得更早——中午11点的大太阳

---

[1] 另一常见名称"白三叶（草）"。

能把人晒死。都铎时代的农民一定理解我现在晒干草的劳作节奏：早上割，下午晒。雾气浸透一切，滤走骄阳几分锋芒。这于草、于我，都是好事。微妙之处在于，倘若阳光过于灿烂，干草的颜色会被漂白，看起来跟被绞碎的办公纸一样毫无生机。

下午也是运干草的时候。好玩的这才真正开始。我已经在4吨的"威克斯牌"（Weeks）拖车四面固定了牲口栅栏，架高边缘，再把它连在国际牌拖拉机后面，拉到草地上。干草叉都准备好了，把草叉到拖车上又有何难？

次日下午，答案一目了然。干草零零散散，量大惊人。叉起一吨放到拖车上，我的背遭受了严重的摧残。我把拖拉机开到院子里，拖车像十五六世纪的西班牙大帆船一样在我身后航行。我把干草叉到两个空马厩里。

那天晚上，我几乎动弹不得，弯腰弓背，好像患上肠胃炎的老地精。

四天过去，我只割了3英亩地，慢得和蜗牛一样。好在我脑海中灵光一闪，把两块4.9×7.9米的防雨布带到草地上。干草已经耙成了一个个圆锥形小堆，铺开防雨布，直接滚上去就可以了。把防雨布松松包起来，就能拖在吉普车后面运到草地去了。想散开干草，把防雨布拖到合适的地方展开，草就滚出来了。这下再也不用腰酸背疼地叉干草了。

## 7月
July

唯一的小麻烦：我拖着防雨布经过奶牛地时，无角红牛发起攻击，用脑袋撞过来。牛站在第二块防雨布上，把布扯开，我没来得及把它们赶走，它们已经吃起里面的草了。

无角红牛狼吞虎咽，我觉得这是在恭维我的干草。一天中大部分时候，奶牛都不愿离开阴凉地一步，尾巴嗖嗖驱赶昆虫。

虻咬起来默不作声，却极其危险。它们不会一只两只来，要来就是一大群，它们老远就能闻到汗水气息赶来。我开始像马一样提防它们进攻，焦躁不安，一感觉皮肤上有什么就狠命拍打。若是它们越过我的防线一口扎下去，我就一巴掌拍死。麻虻拉丁学名 *Haematopota pluvialis* 意为"雨的吸血者"。虻半英寸长，石板灰色，还有个昵称叫 gadfly[1]，这一称呼或得名于这种虻喜欢四下徘徊的习惯，也可能得名于中古英语表尖锐工具或金属的 gad（与 goad 词源相同，该词意为赶牲口用的刺棒）。

---

1 Gad 在英文中有"闲逛、游荡"的意思。

打死咬人虻，擦去衬衣上的血。我看起来活像《德州电锯杀人狂》中的男主。

此外，我还被牛虻（学名：*Tabanus bovinus*，一种胸口毛茸茸的虻）叮了，虽说它更喜欢奶牛。

晚上，我看了看自己的劳动成果。纵有虻作祟，依然美妙，若是夜夜如此，"永恒"一词便不足容纳夏夜的所有时光。我把从耙子底下溜走的一根大看麦娘草茎拿起来嚼了嚼，味道真不错。

又是一个幸福的玫瑰色夏夜，在赫里福德郡，这个无名郡县。今天，为了通知一处变动，某政府部门给我发了一封邮件——据他们推断，我住在赫里福德郡。保护自然的不只是贫困状态，还有外界的不管不顾。

普通鸢雏儿展翅飞翔，将草地当作它们幼儿园的狩猎场。一只斑尾林鸽懒洋洋地在栎树间咕咕叫。蝗虫叽叽喳喳。有一刻，我觉得自己听到了欧亚夜鹰的声音。

一只欧亚夜鹰曾来过这里，也是在这样一个温暖无风的夜晚出现的。即将入夜，这颤鸣声似乎是直接从这片风景中冒出来的,从土地中震颤而来。片刻之间,这鸟儿迎着落日起飞,沿着山顶侧身掠出剪影。至少在那光芒四射、亦真亦幻的瞬间看似如此。它飞走了。在欧亚夜鹰眼中,这片地只是飞向艾雅斯·哈罗德公地(Ewyas Harold Common)或高山之巅途中的歇脚地。

我曾见它们白天在公地的树上休息,像奇怪的两栖动物。欧亚夜鹰有一张大嘴,看起来并不美;据说它会偷山羊奶,因此在当地被唤作"吸羊奶的鸟"。但欧亚夜鹰其实是不折不扣的食虫者,像毛脚燕一样,边飞边捕食,只是在夜间捕猎罢了,它们会用嘴边的硬须把昆虫送进有去无回的大裂缝。

我决定睡在星空之下。

人们会说,如果你能记起60年代那会儿,算不上来真的。同理,如果你的星空露营免去了蚊叮虫咬,也算不上来真的。但最好别睡帐篷,还是直接躺睡袋吧,帐篷不过是另一种房子。今夜,以天为庐,以树篱为壁。一队夜间出没的鸟儿和早早出动的蝙蝠从我头顶飞过,一只刺猬顺着嗅了过来,它抽鼻子的声音跟人类像极了,吓我一大跳。

寒鸦好像还没睡,但雏儿不够警觉,所以需要好好管教。

随后,这片地用温柔的羽翼将我包裹起来。

一人去割草,去割草地的草。

当然,制备干草从前是一项集体活动。不过,关于备干草的英国传统民谣具有暗示性,透露了日间劳作可能会继续发展成草垛里的其他活动:

  春日五月多欢畅,
  那边草地清澈小河淌,
  水中小鱼儿在嬉闹,
  姑娘小伙儿备干草。

  三个快乐的割草人来割草,
  皮革酒囊、深棕色麦芽酒都带好;
  小试身手的帅庄稼汉,
  磨刀、割草、用劲吹,想要牧草快快干。

  带上草叉和钉耙,威尔汤姆齐来到,
  黑眼睛苏珊运牧草;

## 7月
### July

太阳闪耀金灿灿,小小鸟儿唱歌谣,
伴我们从早到晚备干草。

闪亮的太阳神向西沉,
镇上来俩欢快吹笛人。
拿出小鼓和笛子,劳作的姑娘们齐声唱,
放下干草叉和钉耙,停下活儿心欢畅。

欢快跳起吉格舞,
躺进草垛待日出。
"吉格!吉格!吉格!甜蜜的吉格!"夜莺歌声妙!
从晚唱到早,伴我们美景良宵。

**还有一首歌叫《我走啊走》(*As I Was a-Walking*),唱道:**

地里水手小伙儿轻快走
花花草草到处瞅
见着个穿罩衫的姑娘
围着圆锥草堆耙草忙。

热不可耐的时候，我用可怕的狂野西部口音来了一句："比地狱还热。"孩子们怒了。

我破晓时分就起床了，与酷暑争分夺秒。尽管如此，才十点，却比地狱还热。早上的强光照亮山中每一个小细节：每一头绵羊，每一棵孤独的山楂树，红达伦山（Red Darren）饱经风霜的岩壁。

我在河畔休息的次数越来越多了。鱼儿吐的泡泡像舰队一样向我驶来。树叶翻滚而来。翠鸟飞过。"嘎。嘎。"绿头鸭妈妈轻声唤着她剩下的四只雏儿，现在这四只宝宝已经像妈妈一样长出了棕色保护色，它们向树根洞里的家游去，这条安全路线它们已是轻车熟路。回草地途中，一只金灿灿的看门人蝴蝶（学名：*Pyronia tithonus*）被我惊到，振翅飞走；这种金色蝴蝶正得名于起飞的习惯，很容易让人联想起几百年前的店铺收银员——顾客一来就坐起身。

今天是7月24日，这是我今年初次邂逅看门人蝴蝶。

成年蝴蝶在野生黑莓刺丛、黑刺李和山楂的灌木丛里一个接一个产卵，动物不会吃那里的草茎。夜晚，我带着电筒去似沼地一隅，那里有带倒刺的铁丝栅栏保护。看门人蝴蝶的毛毛虫是夜行动物，普普通通的棕色，以草为食，喜欢羊茅、剪股颖和草地早熟禾等优良禾草品种。找了一个小时，还是没找到看门人蝴蝶幼虫。

不过，草地的魔噬花上挂着黑色的金堇蛱蝶毛虫，浑身长着狼牙棒般的尖刺。

旋果蚊子草现在悄悄从树篱冒出来了，向蝾螈沟附近的潮湿地面延伸。旋果蚊子草（学名：*Filipendula ulmaria*）曾是英国乡间常见的植物，主要生长于浸水草地，浸水草地越来越少，它们也渐渐消失。我在鼻子下揉搓这奶油色的夏日花朵，芬芳四溢。不过，酿酒专家可能会从中嗅出杏仁味。都铎时代，旋果蚊子草曾是英国人常用的"空气清新草"，撒在地上当空气清新剂，伟大的香草学家杰勒德（Gerard）甚至称旋果蚊子草：

> 超越其他一切用于清新空气的香草，宜夏日装点房屋，宜清新卧室、大厅和宴会厅，其香沁人心脾。它也不会像其他甜味香草那样引发头疼、恶心感。

1914年6月炙热的一天，旋果蚊子草、"还有柳树、柳兰和草"吸引了爱德华·托马斯的注意力，那时他的蒸汽火车意外地停在了艾德尔斯特罗普，战争前夕，他赋诗一首，将田园牧歌式的英格兰定格[1]。

　　有些人说，这种花令人兴奋；还有人说，它的花朵旋转起来像香草棉花糖一样好看。我只知道，这种从六月开到九月的花，富于女性的柔美，从"草地夫人"（lady of the meadow）、"草地姑娘"（maids of the meadow）和"草地王后"（queen of the meadow）这些名字就能听出来。在《马比诺吉昂》[2]收录的威尔士传说中，魔法师马思（Math）和格威迪恩（Gwydion）采集栎树、金雀儿和旋果蚊子草的花朵创造了"最美艳的姑娘"布罗德薇德（Blodeuwedd），这个名字的字面意思即"花之面庞"。旋果蚊子草的女性美如此形象，以至于在《阿尔斯特史诗》[3]的爱尔兰神话中，睾丸素激增的主人公库丘林（Cú Chulainn）曾用旋果蚊子草沐浴，以此抚慰自己的欲念。

---

1 即前文"1月21日"日记中提及的诗歌《艾德尔斯特罗普》（*Adlestrop*）。
2 *Mabinogion*，根据古代凯尔特神话传说编撰的威尔士民间故事集，描述魔法和超自然能力的故事占大部分篇幅。
3 *Ulster Cycle*，其中收录古爱尔兰东北部Ulaid（即Ulster古体）民族的英雄故事和传说。

7月
July

美丽的布罗德薇德最后成了杀气腾腾的荡妇，旋果蚊子草也有自己的小秘密。它深色的叶片散发着童年记忆中消毒液的气味。所以这种植物矛盾的性质也被反映在了俗名的矛盾命名法中——"喜忧参半"（bittersweet）、"求爱与姻缘"（courtship and matrimony）。就连旋果蚊子草现在的英文名称meadowsweet[1]都具有误导性，这种植物得名并非因为生长在草地上，而是因为它的叶片让中世纪的草地既苦涩又芬芳。因此，在乔叟《骑士的故事》（The Knight's Tale）中，这花的中古英语名称为medewurte[2]。旋果蚊子草可谓既有历史故事，又有文学故事。青铜时代墓葬中发现过旋果蚊子草残留，据说德鲁伊将其列为最神圣的香草之一。吉哈德指出这种植物不会诱发头痛，准确无误：其花序含水杨酸，1897年，菲利克斯·霍夫曼（Felix Hoffmann）利用水杨酸制得合成修改版水杨苷，其雇主德国拜耳公司（Bayer AG）根据旋果蚊子草的古老拉丁学名Spiraea ulmaria[3]将这种新药物命名为阿司匹林（aspirin）。从此，非甾体抗炎类药物（NSAIDs）随之兴起。

下午热得像烤箱，没有鸟儿愿意歌唱。我也说不好，一

---

1 字面意为"草地香甜"。
2 中古英语里mede即"草地"，而wurte可以是植物、香草或药草。
3 Spiraea为绣线菊的拉丁学名，旋果蚊子草又称"绣线菊草"，即由此得名。

米高的旋果蚊子草看起来到底是更像舞会上初次亮相的姑娘聚在一起,还是更像一层雪白的浪。我摘了20枝旋果蚊子草,打算用来酿造农家好酒。这种花蜜令人如痴如醉,我把采下的花塞进包里时,上面大群食蚜蝇都不愿松口。旋果蚊子草是昆虫的最爱,水泡瘿蚊(学名:*Dasineura pustulans*)已经钻进叶片,留下了难看的黄色水泡。

这种植物还是各类蝴蝶与蛾子幼虫的食物。蛾子也许可以说是蝴蝶相貌平平的堂亲,但俗名应该还算得上诗意盎然?——幼虫只吃旋果蚊子草的蛾子有:小奶油波浪(lesser cream wave,这对喜爱旋果蚊子草的蛾子来说是多么合适的名字呀!)[1]、越桔卷叶蛾(bilberry tortrix)[2]、蓝霜剪子(glaucous shears)[3]、希伯来字符(Hebrew character)[4]、小黄后翅蛾(least yellow underwing)[5]、稀缺毒蛾(scarce vapourer)[6]。听到扑粉素色蛾(powdered quaker)[7]这个名字,谁不想见见它呢?但在

---

[1] 学名:*Scopula immutata*。本段提及的蛾子均按照英文版俗名直译,附拉丁学名以便感兴趣的读者查找。
[2] 学名:*Aphelia viburnana*。
[3] 学名:*Papestra biren*。
[4] 学名:*Orthosia gothica*。
[5] 学名:*Noctua interjecta*。
[6] 学名:*Orgyia recens*。
[7] 学名:*Orthosia gracilis*。

7月
July

下草地大吃大嚼旋果蚊子草的蛾子主力军还要数平淡无奇的褐斑翅（brown-spot pinion）[1]。

那天夜里晚些时候，我带狗去似沼地查看奶牛。拉布拉多冲过门跑进草地，又跑开了，接着以冲刺的速度跑到旋果蚊子草闪闪发亮的地方。一只被惹恼的纵纹腹小鸮从树篱上起飞，尖叫起来。猫头鹰在威尔士语中就是blodeuwedd（布罗德薇德），因为美女"花之面庞"罪孽深重，被罚再也不许白天露脸。

皎洁的旋果蚊子草在蛾子眼中就是烽火。我的电筒光照出了正在吸食花蜜的狐狸蛾（fox moth）[2]，还有一只我猜应该是泥巴眼蛾（satyr pug）[3]，又是一个好名字。

---

[1] 学名：*Agrochola litura*。
[2] 学名：*Macrothylacia rubi*。
[3] 学名：*Eupithecia satyrata*。

# August

## 8月

兔　子

08

**8月1日** 收获节（Lammas Day），得名于撒克逊语Leff-messeday，意为"面包块"。这是奶牛重返干草地清理收割残余的日子。不过这片地没有，今年的还没有，因为我还在割草、翻晒、运送。

这就是一场恶战。不知道最后会是我割完这片地，还是这片地割完我。除了割草镰刀，我还搬出了割灌机，这是一种结实耐用的电动割草机。

电动割草让我努起下巴沉思，割灌机效果不错，但割好的草却不能排成行，零零碎碎，要是再来两剪子，干草就更像蓬蓬散散的谷壳了。

还有嘈杂和尾气，宁静不再。使了一早上割灌机后，我索性把这该死的玩意关了，聆听片刻自然之声：

清风。

嗡嗡。

吁。

嗡嗡。

还有流水潺潺的艾斯克利河,从一块岩石河床迈向另一块。没有汽车,没有飞机,没有内燃机。一座座白云城堡庄严地在天空中排队经过。

我不确定到底几点了——没戴手表。农活不需要卡时间,而是跟着日光和天气走。无论如何,蓟是很棒的日晷:它们几乎没影子的时候,太阳当头,差不多就是正午。

热浪与尘土。还没割完草的草地上,蝴蝶飞舞。一只斑尾林鸽在榉木深处发出咕咕声,好像催眠曲,它的伴侣坐在木筏般摇摇晃晃的小树枝鸟巢上。这是今年第二窝。第一波割完草的地方已变成一片干透的棕色,不过其中有两只红额金翅雀正好奇地啄来啄去,捡拾落下的草头和花籽,见到这种朝臣一般的鸟儿做出乡下佬的举动,感觉怪怪的。它们还带了两只雏儿,相貌平平的棕色小毛球,还没长出父母那般金色与红色相间的华美外衣。

啊,还是回到阴郁的割草活儿和腰酸背痛的平静中去吧。漫长的一天,眼圈红红的,嵌在灰色的花粉面罩里,一顶傻乎乎的鸭舌帽——还是跟家人一起在多尔多涅河(Dordogne)

度假时买的，上面绣着广告"在太阳海滨露营"。我割到一片满是黄花茅的草地，这种植物拥有圆锥穗状花序，散发出香草的气息，很容易辨认，我差点睡着了。这一觉肯定是凯列班之眠[1]，等我醒来，保证会嚷嚷还要梦一次。

不幸的是，我贮存干草的空间已经不够了。松散的干草荒谬地占领了大片空间。马厩已经填满，牛棚差不多也要满了。

据估测，每英亩收获牧草逾1.25吨。我还有3英亩地要收呢。

我要在户外堆干草了。

还有一片地没有收割——占地6英亩的路边地。要是自己手动收割，我体力不支，完全不现实，于是我给帮工的罗伊·菲利普斯打电话。孩子们很开心，因为罗伊会把牧草变成青贮饲料大圆捆，外面裹着现代感十足的黑色塑料布。

我继续思考田野哲学：现代草地整齐划一的绿色，恰可作为乡村生活的隐喻。村庄的特色在哪里？无须上溯太久，就连30年前赶集的时候，我坐乡下的大巴从学校回家，车上

---

[1] 莎剧《暴风雨》中人物（详见前文脚注），剧中他称做过一个梦，梦醒后还想重复一遍梦境。

都会挤满穿着粗花呢外套的老妇人,腿上摆着纸箱,里面装着愤愤不平的鸡。空气中弥漫着旧衣服和药皂(20世纪80年代前,乡下每个人都用药皂)的香气,厚厚的鸡粪也令人难忘。这些鸡是从赫里福德郡中心的家畜市场买来的,现在家畜市场已经搬走,变成了购物中心。又是一个隐喻。

有时普利斯先生的女儿朱莉会坐在我旁边的坐垫上。普利斯先生永远都穿着帮口下翻的威灵顿靴子,红色背带。他经营着伍尔霍普(Woolhope)的一家小农场,我们总在他那儿买圣诞火鸡。我一直都不清楚,我不喜欢朱莉是因为她那双咄咄逼人的眼睛,还是潜意识里把她和火鸡混为一谈了。活禽养殖行业算不上光鲜亮丽。

在我两位姑姑年轻时拍的一张照片上,她们身着白裙和白短袜,应该是她们坚信礼[1]那天拍的。这是20世纪40年代,那时我祖父是英国保诚(Prudential)保险公司的一名农场负责人。照片上,约瑟芬和玛德琳身后有一排独门独院的房子。

片刻后,我才发觉那些房子其实是构造完美、间隔有序的干草垛。

---

[1] 一种基督教仪式,孩子在13岁时受坚信礼后,才能成为教会正式教徒。——编者

临睡前，我的干草堆（仅15英尺高）已经堆起来了，斜顶煞是好看。不过早上再看的时候已经有点像比萨斜塔了。我正在琢磨该怎么办，突然听到咔咔闷响，只见一辆白色DAF敞篷车出现在坑坑洼洼的路上，朝农场开去，一路缓行，小心翼翼。那车中间有一道破破烂烂的棕绳子，像腰带一样，用来固定车门。我们从6英里开外的艾比多尔搬过来都五年多了，搬家后我一直没见过这辆车。

所有人都知道，乔夫·布里杰张嘴就是"黑色掺着棕褐色的家伙"，因为他那黑色掺着棕褐色的杰克罗素梗母狗总是跑丢，乔夫只好一家家敲门问："你可看到一只黑色掺着棕褐色的狗了？"

但他从来没找过这么远。这车咳咳两声，在我身边停住了，驾驶室的门猛地向后甩开。一张只剩底下两颗尖牙的脸探出来了。

"你可看到一只黑色掺着棕褐色的狗了？"

乔夫眯着眼睛拼命盯着我看，脑袋又从脏兮兮的格子衬衫里伸出来一点。

"哦，是你啊。原来你们躲到这儿来了呢。"

乔夫跟我们的朋友尼可和爱丽丝一家闹翻了，他为这家人的花园挖地，尼可指责他磨洋工。乔夫生气了，于是决定跟我们也一刀两断。

"唉,要是你见着她就帮忙送回我那儿吧。如果不麻烦的话。"他补充道。

正当乔夫准备关上车门时,他瞥见了干草垛。

"哦,你要那玩意到底是想做什么?"

我还没来得及说什么,乔夫已经下车了,绕着干草堆走来走去。他细细审视底座。"呀,你堆垫板上了,还行,很干燥。"

乔夫眼中突然闪过奇怪的亮光。"我好久都没见过干草堆了,有"——他阴郁地摇摇头——"多久?40年了?"

"来吧,"他说,"我们把这该死的玩意撑起来,不然就要滑倒了。"

老枕木加上几扇地里的门,干草垛撑起来了。

"要是有人说什么,你就跟他们讲你没注意,边上的草坏了,得拿走。以前要是草垛子翻了,我们都这么说。"

他一边回到卡车里(在赫里福德,敞篷车就是卡车),一边说:"不过,这草不错啊。"

这话在乡下绝对算得上溢美之词。

我同他握手,祝他寻犬顺利。

我的干草架搭得不太成功，但看到另一位新手的探索案例之后，倍感宽慰。20世纪40年代，约翰·斯图沃特·科利斯在农场劳作：

> 堆方形草垛的关键在于保持四壁笔直，这理解起来容易，做起来难，因为在心理层面，我们总是不情愿往外围堆——总感觉那样就会倒下去，其实它后面来自其他干草的支撑十分强大（干草像野生黑莓刺丛一样紧密交织，等你取用时费尽九牛二虎之力就会发现）。一到角落，这种与垂直对抗的心理倾向最明显，却也最需要推翻，要大胆。我发现最棒的做法，是在角落放两样支撑物，也不要正对着那让人焦心的斜坡边缘。不过，一切顺利，我搭了久经考验的哥特式尖顶。它无须支撑——我相信别人会说这是"我们搭过的最棒的干草垛"。这是地里最高的东西，晚上天黑以后出门，看它映着天空，我觉得真是棒极了——我折腾一整天的乱七八糟干草捆，现在已经被压得结结实实，映着灯光，尖顶黑色的轮廓呈现出明晰的几何直线。和其他人一起离它远去向

斜坡地里走的时候，我依然忍不住想回头多看两眼。

**8月3日**　最后一批待割的草，翻着波浪，带着露水。灌木丛附近，黑田鼠（学名：*Microtus agrestis*）在草地下层挖了地道，可大镰刀的刀刃让它们灌木丛底层满是脚印的秘密通道暴露在光天化日之下。田鼠在我面前尖叫逃跑，小灾难。暑气让田鼠数量激增：幼崽14天后断奶，雌鼠年中可能会繁殖四窝。刀片削下了一圈精心编织的草窝，里面有四只裸露的田鼠宝宝。我把它们盖起来了。

英国有8000万只田鼠，陆地上几乎所有肉食动物都会把这种不起眼的灰色哺乳动物当美餐。我隐约感觉到狐狸和猛禽的眼睛都在盯着这片。

家燕雏鸟掠过为草地鹨预留的草地孤岛上，学习如何捕猎。乌鸫在这片地边上跳来跳去，离树篱很近；它们正在换毛，飞行不太方便。树篱保障安全：一只普通䴔驾驭微风而行，乌鸫振翅飞向树篱，翘了翘尾巴，稳稳落在枝头，这是它们的典型动作。

下午，云层悄悄潜入地里，雨水将至。

# 8月
## August

**8月4日**　九天后,牧草终于收完。4.5英亩,像桌面一样平整,其中浮着两片有草的孤岛天堂。我觉得,这下我终于可以心安理得地说自己了解这片草地的每片草叶了。

罗伊·菲利普斯已经把路边地的牧草割完压成了干草捆,至少有30个包裹在黑色塑料里,堆了一圈。弗蕾达和特里斯特拉姆很开心。他们喜欢在干草捆上蹦蹦跳跳、爬高上低,大圆捆很像是学校操场或体育馆。需要帮忙的时候,我会让儿子配合吉普车一起推干草捆,把它们从路边挪走,像开车运球一样,这是他的最爱。

**8月5日**　我不确定,我是受到了科利斯的启发,还是陷入了几十年来养成的写作竞争情绪。我用最后30堆干草又搭了个干草垛。算不上摩天大楼,但我敢说是干净利落的小平房。

**8月7日**　天色阴沉。毛脚燕在地里飞来飞去。雨从西面来，席卷山中。（斯堪的纳维亚天气预报员准到了具体哪一天呢。）毛地黄[1]之所以得名，是因为民间传说狐狸会把这种花套在脚上，这样潜入母鸡群里抓它们的时候就像施了魔法一样，悄无声息。

也许偷了那只雪白小鸡的狐狸就用了这花招。草中躺着那家禽被丢下的尸体，羽毛一片狼藉，已经吃空了。一时间，我稀里糊涂地以为是谁在地里放了一只恶作剧橡皮鸡。

不，近看发现，尸体是真的。我任由雨水和普通𫛭来处理。在赫里福德郡，毛地黄的俗名是"嗜血人的手指"（bloody man's fingers）[2]。这种植物沿着林子农场排水沟后岸的干燥土地生长。

这只鸡不是我们家的，是邻居家的。我家的鸡围在电栅栏里，还算管用，虽说也不是万无一失。要是狐狸湿漉漉的鼻子碰到，他就会尖叫起来。

或许是因为基因遗传，狐狸还懂得其他规则。我是遵守《旧约》的家禽饲养者。我坚信以牙还牙，以枪为证。

有多少绿头鸭雏儿躲过了狐狸设下的圈套？已经有两周或更久没看到绿头鸭了。

---

[1] 英文 foxglove，字面意为"狐狸手套"。
[2] 毛地黄花冠呈紫红色或粉色等，内面布有深色的斑斑点点。

# 8月
## August

**8月12日** 夜晚闷热潮湿。我在草地上修剪绵羊脚上的毛,中途休息,来点拉德斯酒(Ruddles)犒劳自己。摸摸剩下的豆绿色草地,细腻,柔嫩,新生。

一位打鼾的老人家打破了我的宁静时刻。啊呀,至少那一秒,我以为是位老人家。

刺猬是典型的树篱哺乳动物,在树篱底部到处翻蛞蝓、甲虫和其他无脊椎动物,也会在树篱深邃黑暗的中心过冬。夏天,它们有时候会在树篱底部搭一个窝,白天在里面打盹。尽管自最后一期冰川时代以来刺猬就一直生活在英国的土地上,但据濒危物种人民信托基金会(People's Trust for Endangered Species)统计,10年来它们的数量减少了四分之一。刺猬每晚会游荡1.5英里。

说刺猬打呼噜绝不夸张:它在我那杂草丛生的角落里,躲在黑莓下呼哧呼哧。

那一夜:层云蔽月,硕大的月亮报以反击,给云层浇上水面漂油似的彩虹光泽。灰林鸮在草地上捕猎,捕食不易看清的大蛾子。七八月是小莫尔迪·沃普们第二次大迁居的时候,它们会从出生的鼹鼠窝出发,迁移500码左右。一只鼹鼠淘气地沿着我的电筒光束爬,动力几乎全部来自后腿。它食蚁兽般的鼻子不停皱来皱去,直到钻进树篱中的避风港。

**8月13日** 典型的湿热"三伏天"(dog-day),以天狼星(Sirius;Dog Star)命名,这颗星现在与太阳同起同落。今年第一次看见钩粉蝶[1],像一道道硫黄色的闪电在榛树篱中进进出出。钩粉蝶是成虫可以越冬的少数蝴蝶之一,七月底破茧而出。这只雌性钩粉蝶振翅高飞,一只雄蝶默默跟在她身后起飞。它们欢天喜地地借一缕风飘到有隐蔽的树篱中,雌蝶钻了下去,我和雄蝶匆匆相随。她在一棵桤木缠绕的常青藤上自娱自乐,在那里与雄蝶交配。

次日下午,交配仍在进行。

**8月14日** 夜晚,雾气像水蟒一样从狭窄的谷底蜿蜒滑

---

1 学名:*Gonepteryx rhamni*。

行而出，爬呀爬，精准地绕过一道道河弯，令人窒息地笼罩在我们头顶。

一群断奶的牛犊子被赶进了小围场附近的地里。我们闺女给它们唱歌，牛直直地探出头，报以美妙的哞哞声。

**8月17日** 潘妮和我给自己放了一天无异于日常工作的短假，去杜拉斯（Dulas）的野花自然保护区帕克斯（The Parks）散步，3英里开外。帕克斯曾属于杜拉斯宅第（Dulas Court），约有五百年历史，这是帕里族人杜拉斯分支的老宅，1840年，家族将其出售。新主人拆了老屋和小教堂，重新修建。显然，菲尔登家（Fielden）不希望看到伟大的维多利亚遗迹近在咫尺，他们将小教堂移至隔车道相望的地里。这里却成了植物天堂：山谷中物种最丰富的草地位于墓碑之间，那里还生长着斑点掌裂兰[1]。教堂墓地，是能够幸免于HS2[2]和博维斯[3]的少数地方之一。

在帕克斯，总会有新发现。下草地可谓是依照传统运作

---

[1] common spotted orchid，学名：*Dactylorhiza fuchsii*。
[2] High Speed 2缩写，为联结伦敦和英格兰中部以及北部城市修建高铁的计划。
[3] Bovis Homes，英国房地产公司。

方式保护的干草场，帕克斯则是"称职"的草地，在赫里福德郡我们就是这么说的。花似乎比禾本植物还多。

**8月18日** 在蝾螈沟，我发现了掌滑螈宝宝，1英寸长，腮像鱼翅。还有雨蛙、仰蝽和龟蝽。空气中满是哀鸣的蚊子，蚊子的英文 mosquito 得名于希腊语 muia——用拟声诠释它们飞行中发出的噪声。

未经修剪的孤岛中，草看起来是青铜色的，像熟透的麦子。在那一圈蓟中，头状花序是白色的，籽已经成熟，轻轻触摸，才不会一碰就炸，柔软得可以当女士们的化妆刷。这景致中弥漫着慵懒的气息：一只孔雀蛱蝶在河畔的欧亚独活上晾翅膀，就像小狗躺在炉火前那样满足地舒展四肢。

獾喜欢我割完草的绿桌布，晚些时候来了三只，大约是午夜时分，在月光下蹒跚而行翻找蚯蚓。

**8月22日** 夜晚。雾气把小丘和大山都熏白了。我站在

# 8月
August

地里，端着猎枪，盯着兔子。约有12只，大部分都在吃草，一两只在用爪子洗脸。最先出来的是一只胖胖的公兔子，他在离兔子窝最近的蚁丘上排泄，作为领土的象征。

我不太确定现在这窝兔子的亲缘关系，也不确定它们与附近兔子窝之间的关系。蚁丘上落了不少兔子毛，斗殴的结果。理查德·亚当斯（Richard Adams）曾发表过类似于杰拉尔德·拉特纳的言论[1]，他在《兔子共和国》（Watership Down）中宣称真实世界中的兔子"没意思"。在动物的意识里，存在着我所谓的"危险直径"：兔子认为离我40码足够远，没有威胁。动物总能探测出动机，只要我端平猎枪，它们就会警惕起来，然后匆忙离开。

举枪扮演上帝的角色并非总是有趣，我瞄准了一只倒霉的小兔（但不是兔宝宝），它离我最近，我拉开保险栓，前进5码开火。不管是用弓箭、猎鹰还是枪，狩猎活动和草地一样古老[2]。

---

[1] Gerald Ratner，曾为英国知名珠宝商，因发言透露商业成功秘密时自嘲低成本廉价产品是"垃圾"而激怒顾客和媒体，随后市场损失惨重。
[2] 狩猎在英国是一项古老的传统活动，王室、贵族和乡绅等会以此为由聚会，如本书提及的猎狐、猎雉、猎兔。但当今出于环境和动物保护等原因反对这种杀生活动的抗议者越来越多，狩猎支持者和反对者每年都会产生激烈的争议和对抗。

**8月27日** 纸上笔记，白天草草写下。"榛树上的松鼠拨开树枝，采摘还没成熟的坚果，不够环保。"我应该加上：西洋接骨木浆果的枝形吊灯差不多变黑了，快熟了。植物就是日历，标注时日和季节流转。

下午，我沿陡边车道开着，一只艾鼬从排水沟里探出脑袋，邪恶地瞪了我一眼，吓我一跳。我停下车。敞开的车窗外，蜜蜂在柳兰上采食花蜜，柳兰不堪重负而颤动，不知哪里有只黄鹀喊着"来点面包，不要奶酪"。我和那只长着雪貂脸的艾鼬对视一分钟，陷入相互怀疑的僵持。无须遵循杰弗里斯观察法则：仅隔2英尺，艾鼬很清楚自己的威慑力。我先眨眼，然后开走了。在倒车镜里，见那只艾鼬还在盯着我，尽管暑热难当，我还是打了个寒战。

**8月29日** 远方一片紫红色笼罩，山上帚石南燃起地狱般的烈焰。租的一片地在约6英里开外，我们整天都在那里开着拖拉机除草。忙完后，我在地里幸福地躺了5分钟。我看见一只狐狸（那窝的小狐狸）在似沼地吃黑莓，站着用嘴扯。懒人的美妙时刻。

**8月30日**　一只知更鸟在小树丛里歌唱。八月，它已经换好羽毛，早早开始霸占冬季领土，忧伤地企盼。有只大山雀反反复复地唱着"老师、老师"。空气中有一丝倦意。

# September

## 9月

豆娘

09

这个月，一半是夏，一半是秋。一半精致，一半野蛮。

我已经把奶牛赶到了依然温热的地里。在林子农场榛树的树阴下，只能靠欧米特鲁德[1]那样糖果色的鼻子发现它们。无角红牛屈尊前往草地吃剩下来的草，皮毛像七叶树果实一样闪闪发亮。在野花草地放养奶牛非常合适，因为它们能把草地吃成高高低低的马赛克状，为鸟儿筑巢繁育提供条件，这很重要。

尽管夏日气息依旧，却能感受到秋日将近。似沼地树篱边上的蓟和荨麻弯下腰，一副苍老的模样，它们蜷缩起来，无法支撑自身重量。新学期伊始，一段假期结束。

一只乌鸦叫着飞过天空。

熊蜂在吮吸黑莓，好像被催了眠。

---

1 Ermintrude，动画片《神奇的旋转木马》(*The Magic Roundabout*) 中的奶牛。

**9月3日** 我突然发觉雨燕已经飞走。行动低调。像变戏法似的消失在晨雾中。我心底微微叹气,生命中又一个夏日结束了。

早上我散步去查看羊群,三只绿头鸭在空中吹着口哨降落,滑到河面上;随后我用望远镜跟踪它们。几乎可以确定是绿头鸭妈妈带着两个孩子,两只小鸭已是少年,嘴巴变成灰色了。

**9月6日** 一只蓝色豆娘在草地上飞舞,像仙子轻盈的翅膀托着纤长的珠宝在空中飘浮。豆娘和堂亲蜻蜓共同组成物种分类中的蜻蜓目,自史前开始,直到如今。它们是工程学奇迹,四只翅膀都可以独立调整角度或拍打节奏,实现向上下、旁侧、前后飞行以及一分钟悬停。一些蜻蜓的飞行速度可超过每小时30英里。成年蜻蜓是凶猛的捕猎者,它们可以用圆圆的大眼睛锁定飞行的荤菜大餐,几乎可以眼观六路。带翅膀的昆虫它们差不多都会吃,连蜜蜂也吃。还有大蚊。

## 9 月
September

许多大蚊正在地里孵化,大蚊又称"长脚蚊"。它们像牵线木偶般抽动,不停进攻,令人厌恶。一只飞到我的脸上,在我面颊上爬来爬去。我想把它拂去,但我明白,一动弹就会惊到田地那边的成年狐狸。她的皮毛不再是幼年的灰色,已经换上红色衣着,是灿烂的深红色。

她坐在那儿,一动不动。

一只雌性斑鹟(这种鸟筑巢是出了名的迟)不停从小树丛下有倒刺的铁丝网顶上起飞,她在空中抓起一只笨拙的大蚊,再回到栅栏上的观测点去。她闪出一道银光。她的孩子只身一人坐在倒刺之间,沉默不语,像邦特[1]那样坐等送饭。

已出落成少女的狐狸向斑鹟靠近,却又坐下了。

狐狸没我想得那么坏。她并不是冲着斑鹟去的,她只是想抓大蚊。在这湿热、慵懒的夜晚,狐狸和斑鹟并肩追赶大蚊,蹦蹦跳跳20多分钟。

孵化出来的大蚊成虫穿着皮夹克,对狐狸来说不算可口美味。雌狐也意识到了这一点,溜走了。

斑鹟倒是饱餐一顿。第二天,她体力充沛,飞往南方过冬。雏儿也消失了。夏季迁徙来的鸟只剩下叽咋柳莺、黑顶林莺、

---

[1] "比利·邦特(Billy Bunter)系列"故事中的贪吃胖男孩,作者查尔斯·汉密尔顿(Charles Hamilton)以笔名弗兰克·理查兹(Frank Richards)发表。

毛脚燕和家燕。

在黄色的月光下,河面波光粼粼。树篱中散发出来的无疑是树叶枯死的甘草味,预示秋日到来。

奶牛是家畜,但野性犹存。它们今晚躺成一个圈儿,面朝外,提防方向不明的潜在威胁。月光洒下的角度让它们看起来更加古老而硕大,像乳齿象一样,我蹲在它们身后躲着。

草地上传来可怕的噪音,我惊呆了,所以赶来。但奶牛们很安静,打破安宁的坏家伙离洒满银色月光的草地有20码远。老公獾来草地了,喉咙发出嘶哑的漱口声,这是 Meles meles[1] 求爱的信号。

我蹲到小腿抽筋,疼了一阵子。随后,和公獾婚配两年的母獾屈尊出现,风情万种地从铁丝下面溜了过来。

漫不经心地亲吻了片刻;不过,獾不太看重前戏。公獾发出猛烈的呼噜呼噜声,爬上母獾的背,把她的脖子咬在齿间,将她固定住。光线太微弱,后续场景难以看清;我自然地联想到,维多利亚时代,岳父会把以獾阴茎骨制成的领带别针送给新婚的女婿,以求多子多福。

獾在交配过程中最令人印象深刻的并非情景或声响,而

---

[1](狗)獾拉丁学名。

9 月
September

是散发出的一阵阵独特气味，顺风而下 20 码都能闻到。要是你闻过，就会明白獾和臭鼬为什么有亲缘关系了。

**9月10日**　郁郁葱葱的河岸边，桤木下还是一片绿意盎然的春光。要仔细寻找才能发现秋日的痕迹。不过，秋汛已经到来：牛蒡刺果粘在狗身上，毒芹的种荚已经空了，孤独的欧柳莺窘迫地在黄花柳中到处闲逛。（当然了。）欧柳莺正处于过渡阶段，其实我们都处于过渡阶段。

我从河岸向地里走去时，羽翼日渐丰满的草地鹨在金色的空气中起飞。我也不知道它们的兄弟姐妹去哪儿了。

诡异的是，云雀此刻也起飞了，好像在给草地鹨雏儿上名师飞行课。

昨日雨水，今日温暖，蛞蝓出来了：一对黑蛞蝓（学名：*Arion ater*）互相缠绕舔舐，布满黏液的身体和这片绿草地一样湿润。蛞蝓雌雄同体：它们扭在一起，伸出各自的生殖器，惨白的触手抓住另一只的生殖器，两者身体之间形成白色的球体。

**9月14日** 这种沉默的虚空让人休克。不再有晚间大合唱,不再有昆虫的嗡嗡声,羊羔长大了,不再咩咩叫,只顾吃草,头也不抬。反倒是孩子的农场塑料玩具看起来更真实。

叽咋柳莺已经飞走。

**9月17日** 我将牲口从地里赶出来,关进围栏,按政府规定让牛接受一年一度的肺结核检测。我们的牛闻起来香喷喷的,有毛茛、黄花茅、上好牧草的味道,好奶牛就应该是这样。阳光在满是夏日鲜花的牛背上跳跃。

这是我一年中最不喜欢的日子。奶牛在狭窄的金属围栏过道里排成队,兽医会用一种看起来很像钉书枪的东西向它们颈部注射试剂。试剂反应为阳性就会被宰杀。没什么可商量的。要等四天,从头到脚穿着绿色塑料和橡皮胶工作服的兽医才会回来宣布结果。

像詹姆斯·赫里奥特那样,穿着花呢外套,在农场厨房里面就着一杯茶吃培根三明治的兽医,早已不复存在,那个时代已经过去。现在的兽医，穿得跟犯罪调查现场的法医一样。

**9月20日** 我看着一只瓢虫爬上一片残破的草叶，这是方斑瓢虫（学名：*Propylaea punctata*）：黑黄相间的棋盘格堪称完美，像是伊西戈尼斯[1]20世纪60年代的设计。

树篱下，白鹡鸰一家在亮闪闪的草间跑过。这一刻将极简主义艺术突显到极致，同为黑白相间的两只喜鹊也在草地昂首阔步。灌木丛满是红色和紫色：玫瑰果、西洋接骨木果、黑刺李、黑莓、忍冬果，还有泻根和颠茄那不能食用的禁果。

一只喜鹊停下，满腹狐疑地看看栎树下那堆灰色的羽毛：有捕食者杀死了两只斑尾林鸽雏儿，还把毛给拔了。

我去围栏给奶牛喂干草和饲料饼——这样就可以趁机在它们肌肉发达的脖子上摸摸有没有反应肿块了。

一头牛出现肿块了。

---

1 Sir Alec Issigonis（1906—1988），英国汽车设计师，经典款MINI之父。

**9月23日** 清晨，雾锁大地。天气温暖湿润，秋日草长，还有蘑菇。草地上出现了古铜色的粪生斑褶菇[1]和罕见的蜡黄湿伞[2]，牛粪里长出了裸盖菇[3]。

西洋接骨木奁拉着，长在上面的常青藤开花了。不过我觉得，它那毫不起眼的黄绿色球形花朵看起来算不上花。无论如何，它们是全年最后一批蜜蜂、蛾子和蝴蝶的秋季花蜜主要供应源。

一些尚未成年的毛脚燕还在。成鸟昨日已经飞走。一只大斑啄木鸟在河岸地的死榆木上"唧唧"叫，宣示领土。

这些都在远处，好像我观望热闹的英格兰田园场景时拿反了望远镜。奶牛重新排好队继续等待。牛们无精打采，领头的玛戈和她女儿米拉贝尔冲撞前面的牛，金属围栏迫于压力发出尖叫，让人担心。都是我的错：奶牛对我的焦虑非常敏感。我真快被肺结核检测烦死了，憋闷得快透不过气了。

兽医站终于来电话了。兽医威尔·雅各布斯晚一点过来。

---

1 学名：*Panaeolus fimicola*。
2 学名：*Hygrocybe chlorophana*。
3 学名：*Psilocybe semilanceata*。

约莫3点钟,雅各布斯一脸疲惫地从小径上走过来。还是那套防护服。他用手在每头奶牛的脖子上摸来摸去。一切顺利,直到梅丽莎——有肿块的梅丽莎。他拿出了测径器。

这种情形我不是第一次遇到,一切取决于肿块大小。第一次测量。第二次测量。第三次测量。

"她的肿块在规定范围之内。"我高兴得要跳起来了。"这些牛明年你都能养着。"

我把奶牛放出来,我们一同跑起来。

**9月25日** 数百万只皿蛛网上布满露水,中世纪牧羊人以为这会诱发羊快疫(绵羊的消化系统疾病),一只灰松鼠正在蛛网间采摘榛果。他或她匆匆忙忙的,流露出紧迫感。尽管灰松鼠不需要冬眠,他们还是需要囤积食物,应对艰难时期。

白日将尽:上弦月照出我硕大的影子,铺洒在地里。

又是无异于日常工作的一日游。在细雨中,我们驱车前往沃彻奇(Vowchurch)的特纳斯通宅第(Turnastone Court),它在广阔平坦的金色山谷（Golden Valley）中，位于6英里开外。这是帕里家族的心脏地带。在巴克顿（Bacton）教堂可以看到布兰奇[1]的浮雕，教堂在一座小山丘上，似乎总是笼罩在寒影之下。浮雕在布兰奇纪念碑[2]上，它自带一条小小的历史脚注：这是最早将伊丽莎白一世塑造成格罗丽亚娜[3]的雕像。让我感兴趣的是，布兰奇看起来很像我外婆。

特纳斯通草地是一个乌托邦农业计划留下的，为罗兰·沃恩在多尔河（Dore river）畔发起，此人于1610年出版了一本书，阐述他"最经久耐用的水务系统，论冬夏灌溉"。

一般认为，是沃恩发明了向下渗水的浸水草地灌溉系统，不过也有学者认为他只是在原有体系的基础上加以改进。[赫里福德郡金博尔顿（Kimbolton）那片"渗水地"（le Flote），比沃恩的书要早许多年呢。]从某种程度上来说，这种说法站不住脚：沃恩推广的仅是依靠引流、渠道和闸门实现的短时浸没草地体系。

沃恩是布兰奇·帕里的侄孙。（他抱怨自己性格过于温和，

---

1 即前文提及的帕里族人布兰奇·帕里。
2 该纪念碑的浮雕刻画了布兰奇与格罗丽亚娜/伊丽莎白一世。
3 Gloriana：英国文艺复兴时期诗人斯宾塞（Edmund Spenser, 1552—1599）作有长诗《仙后》（The Faerie Queene），诗中仙后象征伊丽莎白一世。

居然能忍受布兰奇女士"性情"中的"戾气",且为其"乖戾权威"所迫参加爱尔兰战争。)帕里和沃恩两个家族通婚至少有百年历史,罗兰也没抛弃这个传统。他娶了一个继承家产纽考特(Newcourt)的帕里家族姑娘,从而坐拥多尔河西岸彼得彻奇(Peterchurch)至巴克顿的全部土地。

有一个说法广为流传:沃恩浸没草地的念头,是他在自己地里查看剑纹夜蛾[1](该品种以狡猾著称)的时候出现的。他大步流星地走着,注意到水车所在的河岸有鼹鼠打过洞,而鼹鼠丘冒水的地方牧草丰美。

沃恩花了20年时间——约为1584至1604年——在金色山谷修筑灌溉系统让他的草地浸水,促进生长。他最重要的人工水道是3英里长的皇家灌溉渠(Trench Royal),这条沟渠从多尔河引水入地,再通过闸门排出去。这一灌溉系统让地里的年产值从40英镑飙升至300英镑。

尽管许多人觉得沃恩疯了,但事实证明他的方法颇有成效,他也因此赢得盛誉。诗人约翰·戴维斯(John Davies)作《颂》一首,感情充沛地使用乡土意象赞扬沃恩浸没草地的功绩:

---

[1] 学名:*Acronicta leporina*。

干草耙，羊粪蛋，不吃毛茛的奶牛
Meadowland

他的皇家灌溉渠（让大伙儿得以
在一春之内对草木的种子发号施令）
注入大地腹中让她不再贫瘠，
液体带着种子发出草木青青。

两种低级元素
（欣然结合）水流如注
（种子活跃得益于这般滋补）
孕育出一片富足：

水在大地腹中流淌，
（大自然为她织出盘根密网）
流水浸透，大获丰收
贵族士绅不再愁：

莫因良缘未结，
以为女子不育；
沃土为人所不屑，
只因少了灌溉渠。

# 9月
September

顺便说一下，约翰·戴维斯跟他有亲戚关系。

6年后，1610年，罗兰出书描述这一体系。书中称皇家灌溉渠可行船，用于从地产的一端向另一端输送货物。该书还称他为2000工人建立了理想社区，社区成员都戴着标志性的鲜红色工作帽。

浸水草地在赫里福德郡推广开来。冬季，将水在短时间内引入草地（浸没1英寸较为理想）能让牧草早于自然生长季萌发，提前为牲畜供应口粮。在一些地方，延长灌溉期可收获第二茬乃至第三茬干草。夏日，浸没草地则主要是为了补充土壤缺失的水分，促进牧草生长。

如今，特纳斯通农场由慈善机构乡村恢复信托基金会（Countryside Restoration Trust）管理。尽管这种灌溉系统早已不再，浸水草地依然是花海一片，连"二战"时都未改成耕地。当地人说，沃特金斯先生[1]站在他的浸水草地上，告诉战时农业执行委员会（War Agricultural Executive），要想犁这片地，要先从他的尸体上踏过去。

下草地漏水的破损排水沟也算是穷人的简陋版灌溉系统

---

[1] 该称呼在书中仅出现一次，或为时任工党议员的都铎·沃特金斯（Tudor Watkins）。作为议员，他非常重视选民的意愿，威尔士与英格兰交界处的部分郡县曾因服务于英格兰城市需求的征地计划而民情激愤。

吧,我一直都觉得这挺有意思的。那四分之一英亩的草,总是更绿。无心插柳的浸水草地。

# October

## 10 月

红额金翅雀

在十月间寻找自然界的变化，我比其他任何一个月都更细心。如果树篱中的山楂树结出许多红山楂果，真会像民间传说的那样大雪纷飞吗？如果田鸫来得早，冬天是否真的会无比严寒？尽管浆果大丰收只能反映植物过去一年的健康状况，我却想用它占卜天气。我怀疑，这部分出于原始本能的焦虑：我和野生动物一样，都觉得应该为最坏的情况做打算。

这个月自然会以秋老虎开场，让人不知今夕何夕。一道晨光穿过雾霭，佩带蚜蝇[1]（学名：*Episyrphus balteatus*）在花期较晚的毛茛上停留。紫翅椋鸟从村里飞来，吹着口哨在收割完的草地上找虫吃。

---

1 又称"黑带食蚜蝇"。

骑在泽布背上的时候,我总是很开心:像在甲板上颠簸一般,马鞍嘎吱嘎吱响,慢跑或疾奔,放声大笑,跃动的心情——他也一样快乐。我喜欢在马背上探索观察寻常事物的新视角。与泽布合二为一的美妙感觉最令我开心:第一次看见骑马的西班牙征服者时,美洲印第安人以为人马连体。

草地上大部分野生鸟类和动物也是这么想的。我和泽布,是两个脑袋的动物,绕场环行。在绿草海洋中觅食的秃鼻乌鸦都没怎么注意到我们。

母羊就不一样了,她们僵硬地站着,注视着,然后斜眼规划逃跑路线。等我们靠近,她们蹲下尿尿,准备好轻装逃跑,然后一跳老高跑到远处那头去了。

公羊塔克修士也跟在她们后面溜过去了。他才不管人马还是马人呢,他只有一个小心思:寻花问柳。十月是绵羊交配的季节。

塔克修士停下嗅嗅母羊尿尿的地方。然后他卷起上唇露出牙齿,来了个卡通版鬼脸。裂唇嗅反应不是雄性的性暗示,而是为了闭上鼻孔,将空气吸入口中上颚的犁鼻器中。他是在努力探测化学物质,判断母羊是否处于发情期。他自己已经分泌了很多睾丸素,空气中都能闻到。

一头耳朵饱满有型的胖母羊显然分泌了不少雌激素。公羊正色眯眯地抖动舌头舔她,然后用前腿扒她,冲撞啃咬她的侧面。

试探性地往她身上趴了几次。

她并没有纹丝不动地站着,却也没逃跑。这一天公羊都会陪着她,夜里好好来一次最原始的一夜情。

明天,再换个姑娘。

可塔克修士并非来者不拒的花花公子。他最喜欢同类雷兰羊。最后才会轮到设得兰羊和赫布里底羊。

秃鼻乌鸦很少来这片地,它们更喜欢谷底有谷子的那片。要么是因为太无聊,要么是饿得想起了充足的虫子,每年秋天它们大概会光顾我们这里一两次。有23只,特意穿着(或说看似如此)黑斗篷。它们迎着寒冷清新的北风进食,利用空气动力学稳稳站在地上,骨白色的喙扎进地里;如果背风进食,就会被风托起吹走。

草地即家园,是游客的野餐地,是迁徙者途中的歇脚地。

这里,也是人类停下思索的地方。

亨弗利·莱普敦[1]在他的《景观园艺理论与实践的研究》(*Observations on the Theory & Practice of Landscape Gardening*)

---

[1] Humphry Repton(1752—1818),英国著名园林景观设计师,深受勃朗的影响,但主张在自然风景园中采取更加灵活的处理方式。

中称:"乐园之美和农场盈利,二者不可兼得……说什么同时打造最美和最赚钱的地方,我完全无法接受:耕地与草地的区别,同花园和土豆地的区别一样明显。"莱普敦和兰斯洛·"万能"·布朗[1]并没有在油画布上画风景,但两人都将田地变成了风景画。赫里福德郡长期以来都是乡绅阶层的堡垒,绅士的公园概念也渗透到过去的农民当中。在艾雅斯哈罗德,有一栋乔治王朝时期的农舍,前面拦了一堵矮墙,以免波浪起伏的草地美景被一道牲畜栏玷污。

沙皇亚历山大始终认为,当英国乡绅,是仅次于当俄国沙皇的第二美差。这下你该明白了吧。这里拥有全世界最迷人的景致。

**10月4日** 一只喜鹊坐在雷兰羊背上,啄它颈部。这是生物中的共生现象,尽管绵羊和乌鸦是截然不同的生物,二者却可以互利互惠:喜鹊帮绵羊啄走耳朵里的蜱虫。喜鹊得

---

[1] Lancelot 'Capability' Brown(1716—1783),英国著名园林景观设计师,自然风景园的代表人物。在他较为典型的设计中,大片草地铺在柔和的地形上,树丛点缀,道路穿梭草木间,溪流池塘等水景师法自然。

到一顿美餐，绵羊耳朵掏干净了。

夜色降临，在昏暗的光线中，只见一只黑眼睛的小林姬鼠靠着晃荡着的榛树枝直起身来，锋利的牙齿白光一闪，从基部锯开玫瑰果扯下来。玫瑰果穿过树篱跌落到地上，老鼠匆匆追上去。

**10月7日**　电线上，最后一批家燕像五线谱上的四分音符一样叽叽喳喳，形容尚小的燕子正聚在一起等待南行的旅途。从前，人们以为家燕会在池塘的气泡或地洞里冬眠。16世纪早期，乌普萨拉主教奥劳斯·马格努斯（Olaus Magnus）在他的《北方国家历史》（*Historia de Gentibus Septentrionalibus*）中称：

> 北方水中，渔民拉网时常常会意外收获许多家燕，好像聚在一起举行弥撒……秋日伊始，它们一起聚在芦苇中：为了沉入水中，它们簇成一团，喙对喙，翅对翅，脚对脚。

他的文字还配上了版画，上面画着渔民从水中拉出一网鸟儿。尽管吉尔伯特·怀特主张迁徙说而非冬眠说（他的兄弟在直布罗陀海峡任牧师，曾见家燕掠过头顶南飞），但他还是不确定孵化较晚的家燕会怎样过冬——其中有些羽翼尚未丰满，九月中旬才会飞："这些家燕孵化比较晚，躲藏不是比迁徙更合理吗？"怀特对休眠一说持开放心态，并在农舍屋顶的茅草里找寻过冬休眠的鸟儿。嘲笑怀特绝对是五十步笑百步：至今无人确定燕科全体成员分别在哪里越冬。

叽叽喳喳喋喋不休，飞行轻捷灵活，中世纪的药学家因此认为吃家燕能治疗癫痫和口吃。燕子汤曾是治疗这些病症的一味药剂，颇受欢迎。家燕一直被视作良善之鸟，有中世纪小诗为证：

> 知更鸟和鹪鹩
> 是全能上帝的信众。
> 毛脚燕和家燕
> 是全能上帝的鸟中圣徒。

家燕飞走了；一只叽咋柳莺路过，停留一天，喊着"飞——特"，然后又飞走了，这是最后一只夏候鸟。冬日的空中旅人尚未来到。我们正处于间歇期，草地上现在只有本土的鸟儿。

这周，秋老虎快要过去了，热浪让秋日的世界更加可知可感，那新鲜的味道，还有隐秘的气息。大块野生酸苹果躺在地上腐烂，散发出酒香。

**10月10日** 寒意突袭，夜间大风折断树枝。住在小树丛松鼠窝的那只灰松鼠在榛树丛中拼命找松果，我也从中感受到了他或她的紧迫感。虽然树木被阳光裹上了一层暖色。早上起来我还是套了两件毛衣。小树丛边上的矮榛树林，自下而上都燃成一片金色。

**10月12日** 柴火的烟味从远处火堆传来。一只乌鸫轻轻叫着"雀儿——雀儿"，看见我便全然转入警告模式。警告别人"滚远点"，没有谁比乌鸫更流畅、更优雅了。现在，有五只乌鸫在草地及其周边生活，三只来自别处，迁徙越冬。

下午5点，牛背上已经下霜，它们躺着反刍，呼出白气。玛戈20岁，绝对是无角红牛中最年迈的一位，颇受牛群其他成员敬重。奇怪而令人担忧的是，她背上的霜比其他牛更厚。

小溪边雾气弥漫，灰林鸮在树林和灌木丛中宣示秋日领地。一只灰林鸮绝不会叫"突——推特——突呜"。"突——推特"（实际上是"科——威克"）是用于联系的叫声，"突呜"（更准确地说是"呼——呼——呜呜"）则是雄鸟宣示主权的叫声。如果你听到了"科——威克呼""呼呜——呜呜"，一定不是独唱，而是二重唱。

天色渐晚，至少有四只猫头鹰在叫。九到十一月，灰林鸮少年们将分散开来。今夜，年轻的它们即将霸占自己的封地，争取觅食和繁育空间。等凛冬到来，雪白一片，它们或成为领主，或已死去。

在盎格鲁-撒克逊语中，小小的红额金翅雀被叫作thisteltuige，字面意思即"扯蓟的鸟"。它们的喙比其他雀类稍微锐利一点，这是大自然为它们摘取蓟和起绒草的种子打造的精准工具。蓟中飞廉属的拉丁学名是 *carduus*，这和红额金翅雀的学名 *Carduelis carduelis* 不无关系。

将红额金翅雀当作笼中鸟的狂热于19世纪下半段达到顶峰。1860年，仅沃辛（Worthing）一地，就有13.2万只红额金翅雀被抓，乡间红额金翅雀越来越少，早就引起了鸟类保护协会（Society for the Protection of Birds）的关注。临终前卧床不起的约翰·济慈[1]也有身陷囚笼之感，在《我踮脚站在小丘上》(I Stood Tip-toe upon a Little Hill)一诗中将红额金翅雀放生：

有时金翅雀一只只落下
来自低垂的树枝；一刻也不消停；
叽叽喳喳，羽毛光滑；
倏忽飞起，好像无端变卦：
或许是为了炫耀翅膀上那黑色与金色的羽毛
拍打黄灿灿的双翼停在树梢。

秋日，早已重获自由的红额金翅雀聚在一起。在草地上我为它们种的（准确地说，我放任生长的）那片蓟中，至少有30只。英文中一群红额金翅雀的量词是a charm，源自古英语词c'irm，指鸟儿叽叽喳喳的歌声。

手指地的那片秋狮齿菊差不多和红额金翅雀羽翼的条纹一样变成了金黄色，已经开花。

---

[1] John Keats（1795—1821），英国浪漫主义诗人。

**10月15日** 是挺冷的,不过是干冷。地面状态好得出奇,我把马群赶到草地上,换片地方吃草。夜间去查看它们时,我看见一颗流星,银河横跨天穹。夜空中繁星密布,这绝妙的景致定是特意为我准备的。

今夜,繁星为我而来。

马匹边吃边磨牙,尿还多得出奇。绵羊的眼睛在迎着电筒光像绿珠宝一般闪烁。

回到屋里,我翻出汤姆斯·特拉赫恩(约1636—1674)的诗歌,这是一位生于赫里福德郡的玄学派诗人。他曾努力逃离记忆的墓穴,未遂:

> 星空璀璨,
> 清新宜人的空气;
> 哦如此神圣,如此轻柔,如此甜蜜,如此美丽!
> 繁星悦目赏心,
> 同上帝所有的造物那般,明亮纯净,
> 富足充盈,
> 似乎它们存在即是永恒
> 映在我眼里。

特拉赫恩认为，人类之所以失去纯真状态，是因为背弃大自然、转而追求人造物的世界。他在《数百年的默想》（Centuries of Meditations）中称："让海水流进经脉，以天为穹，以星为冠，对自然之美的热爱与欣赏达到极致，并劝人共享，若非如此，你绝对无法真正地享受这个世界。"

**10月18日** 秋天的野蛮气息开足马力。树篱上挂着鲜红的山楂果，红得像我手指在野生黑莓刺丛的荆棘中扎出的血滴。我从横跨沼地的树篱东侧摘了约2磅重的黑莓，丝光绿蝇为我带路。苍蝇总能找到熟透的水果。有的黑莓渐渐腐烂，散发酒香，一些荨麻蛱蝶[1]醉得头晕眼花。

泻根那灿烂的橙色和绿色链子在树篱中穿梭。黑刺李长得饱满，玫瑰果挂在蜿蜒诱人的枝条上。这会儿鸟儿可以在树篱上享受一顿果实盛宴了，可它们又在何方？

不过，我身边还有些之前被忽略的老面孔。白鹡鸰边飞边发出高调的双音符"奇斯——伊克"，人们因此打趣地给

---

1 学名：*Aglais urticae*。

这种鸟儿取诨名"奇西克立交桥"[1]——它喜欢一边飞，一边跳，一边叫。

白鹡鸰和黄鹡鸰一样，主要在草地、田野和路边捕捉昆虫为食。主食为苍蝇和毛毛虫。晴朗如今日，牲畜的粪蛋为它们供应了自助大餐。这种鸟儿的别名还有"洗碗女"（molly washdish）、"保姆洗衣鸟"（nanny washtail）和"洗衣妇"（washerwoman）——得名于沿着池塘和溪流觅食的习惯。它们的尾巴还会像女工洗衣时那样上下摆动，这当然也是得名原因之一。精致善意的眼睛有着女性的细腻感，所以是"洗碗'女'工"。它们摇摇晃晃的模样总令人忍俊不禁。约翰·克莱尔在诗中写道：

小鹡鸰，晃悠悠，雨中走，
痴痴笑，两边倒，直线走不好。

白鹡鸰英国亚种是一种特别的英国鸟。它们北欧、俄罗斯和阿拉斯加的白鹡鸰亲戚背上颜色更淡。

---

[1] 位于伦敦西郊奇西克（Chiswick）M4高速路上的一段立交桥。

**10月21日** 一股劲风从海上吹来,想昂首阔步,却举步维艰,呼吸困难,不觉惊恐。风将叶片从柳树上剥落下来,飘到草地远处枯败的浅滩上。栎树橡子重重砸在地上,牛马要是吃到会中毒。在暴风雨中,我把眼睛都要冻白的马匹领进平静的马厩。

**10月23日** 一群四处觅食的斑尾林鸽夜晚在河畔树中栖息,安营扎寨时拍着翅膀飞进飞出。它们以橡子为食,这片地角落的那两棵栎树就是它们的食物来源之一。这群有30只,或许还不止,但地上那堆亮闪闪的绿橡子依然供过于求。我耙了两推车橡子,运去喂猪。

寒鸦在风中飘散,随风飞走。

我一离开地里,松鸦就飞了进去,喙里含两颗橡子,轻快地飞入灌木丛,盯着鸟儿灯泡似的尾部[1]就能看清它的路

---

[1] 松鸦腰至尾部覆盖白色羽毛,尾羽黑色略微泛蓝,故从某些角度看很像灯座上放着白色灯泡。

线。这只松鸦正在埋橡子,一天可以埋下数百颗,为天寒地冻的日子做好准备。据记载,有松鸦一个月可以埋下 3000 颗橡子和榛子。也许,英国一半栎树都是松鸦无心插柳播种的。这种鸟儿在全国到处植树。它们叫声尖锐,像粉笔从黑板上划出的声音。

**10 月 26 日** 我在栎树下避雨时,紫翅椋鸟像叶片般飘落在湿润的土地上,土里的虫子被迫从洞穴中疏散出来。

**10 月 29 日** 秋霜初降,这片地变得奇形怪状,变成一片不透明的白色荒原。奶牛踩出的蹄印上结出了完美无瑕的冰。我用惨白的手指捡起裹了层白霜的黑刺李,打算酿黑刺李杜松子酒[1]。

---

[1] 又称"黑刺李金酒"。

# November

## 11月

雉

11

现在河流的水位很低，我可以从窄若纺锤的地方蹚过去。一只普通鸭碎步疾跑到奄拉的西洋接骨木下，敲打啄食木耳后面的虫子。林子农场树篱后面，野酸苹果掉进排水沟，聚起一堆蛞蝓。

中世纪人以为刺猬会把水果滚回家，运给孩子吃。住在岬角那堆圆木下的小刺猬们不用吃了，它们已经死了。这些小刺猬完全是父母的迷你版，却被死亡染成了怪诞的苍白。仅有一只是被吃掉的，长满刺的皮毛里面被掏空了；另外三只似乎没被动过。这几只可能是冻死的。杀手可能是狐狸或獾。

十一月是我最爱的月份之一，黯淡的午后包裹在墓地般

的诡异氛围中,潮湿发霉的树叶闻起来像教堂的院子。十一月与可怜的疯诗人约翰·克莱尔在精神层面高度契合,这位诗人称它是:

预言家之月,风的崇拜者!
我爱你,爱你的狂野不羁;
漂泊中寻得的片刻欢愉
都在你躁动的疯狂里。

不过,有些人的确更容易与托马斯·胡德[1]产生共鸣:

没有暖意,没有欢畅,没有令人宽慰的安宁,
没有谁会感到舒心——
没有绿荫,没有光明,没有蝴蝶,没有蜜蜂,
没有果,没有花,没有叶,没有鸟鸣——
十一月![2]

东风切断退路,我们再也回不到夏日。

---

[1] Thomas Hood(1799—1845),英国著名诗人,因幽默诗成名,但作品风格多样。
[2] 十一月November也以No开头,诗人颇具匠心。

## 11月
### November

饥饿成就猎人。从家里向外望去,只见两只雄雉在地里漫步,一副皇帝般的威武模样。冬季阳光微弱,太阳好像只有几百码高,但照样为雉镀上了一层灿烂的黄铜色。它们已经换上了光彩照人的羽毛。有时它们俯身啄食花朵或草籽。

我拉开猎枪的保险栓。等我走到地里时,它们却消失了。我看见它们的影子在色彩斑斓的小树丛中一闪而过,不过还没等我干净利落地开枪,雉已经溜走了。在小树丛中,它们悠然自得,雉不就是羽毛华丽的丛林鸡吗?雉最初是罗马人带来的,但也许那时还不算野[1]。颈上有一圈白色的环颈雉(学名:*Phasianus colchicus torquatus*)则是11世纪引入的。在900年时间里,每年为打猎放出的雉鸡有3000万只左右,那种俗气的美艳依然让它们看起来格格不入。

出于直觉,我在地里等着,就在小树丛桤木低垂、从铁丝牲畜栏上方突出来的树枝下,靠着它无所事事,枪管架在脖子和肩膀之间摩擦,比神父的手还令人宽心。左耳紧贴桤

---
1 雉俗称"野鸡"。

木树干，就能听见树木随风摇摆的各种动静。(你真该试试。)

沉闷的时间一分一秒过去。鸫鹟，这小树丛里翘着尾巴的小混混头目，叫我别在这儿瞎晃悠。美国诗人罗伯特·洛威尔[1]在诗歌《献给联邦军阵亡将士》(For the Union Dead)中需要选一个意象描述在领导黑人士兵作战时牺牲的罗伯特·古尔德·肖上校[2]，他最终用了"愤怒鸫鹟般的警惕"来刻画。我完全明白洛威尔想说什么：鸫鹟准备睡觉，我望着下草地，它不停地呵斥我。一只灰林鸮在长满树木的溪流上游喊着"科——威克"，一只知更鸟在林子农场树篱上鸣啭，唱了几小节忧伤的歌，绵羊向地里最高处走去，那边视野最好，可以看清任何逼近的捕猎者。古老的艾斯克利河心满意足地汩汩流淌。榛树叶子闪着光泽，寒意把我的脸冻得生疼。

然后我听见了雉的动静，那是短促而骄傲的"咯——咯——咯"，它们已经离开小树丛，溜进了旁边的林子农场。

日光正在熄灭。白日将尽。我把保险栓向后拉。

一只雉从林子农场的地里起飞了，越飞越高，尾巴像彗星一样拖在后面。我向前一步，按下猎枪的扳机，这一枪不

---

[1] Robert Lowell（1917—1977），美国诗人、散文家，"自白派"诗歌代表人物。
[2] Colonel Robert Gould Shaw（1837—1863），美国南北战争期间的联邦军将领，率领完全由黑人士兵组成的马萨诸塞州第54步兵团。

## 11月
### November

是闹着玩的，致命一击。正当那剪影展开翅膀，准备减速落到树上前，我打中了。

这鸟重重落在地上。死了。了无生机。

震耳欲聋的枪响还在绿色山谷中回荡。我扯一截绳子拴在雉鸡脖子上把它带回家时，乌鸦还在警告。方才受惊停下吃草的绵羊，又重新把脑袋伸进地里，继续向山上一路吃过去。

周围火药味很浓，甚至盖过了腐烂秋叶的气息。一轮初升的满月艰难地穿破阴云，露出脸来。

我怎么会知道雉要去桤木光秃秃的树枝上栖息？因为要我选，我也一定会去那里睡，高高在上，狐狸够不着，叶片稀疏，轻松观望四周。

这条逻辑看似公平，乃至合理：既然人类经营农场为野生动物提供生存环境，那就可以吃它们。不过，这种辩护还不足以让我这个不够冷血的杀手免除痛苦。布莱克《天真的预示》（*Auguries of Innocence*）中拒绝原谅的诗句萦绕在心头：

> 一粒沙中一个世界，
> 一朵野花一个天堂，
> 将无限握在你手掌，
> 将永恒在一小时内收藏。

干草耙，羊粪蛋，不吃毛茛的奶牛
Meadowland

知更鸟锁笼中，
天堂怒气冲冲。
囚笼鸽子全塞满，
冥界鬼神都震颤。
门有饿犬，
国将不全。
路有马匹受虐，
天将罚人溅血。
逃命野兔喊一声，
脑中神经断一根。
云雀伤翅膀，
天使不再唱。

断翅斗鸡进赛场，
旭日不再放光芒。

如此继续，直到：

蛾子蝴蝶别伤害，
末日审判来得快。

# 11月
## November

**11月6日**　一只松鼠从草地向我走来。狗在院子里冲着来送信的邮递员吼吓着松鼠,接着松鼠发现了我,一溜烟消失了。一群鸭子(身形像飞镖,发出尖尖的短促叫声——是鸳鸯)从河面飞起。我在检查河畔牲畜栏,以防公羊逃跑,栅栏摇摇晃晃,状况堪忧,獾从栅栏下面挤进来吃橡子了。

奶牛回到地里,吃着因泥泞长出的最后"一口"草。然后雨来了,很快,地面就软得无法支撑它们的体重了,农人会说,羊把草地"踩烂":踩成一片泥泞的海洋。我冒着倾斜而下的骤雨,将它们赶到冬牧场去。

但秋日残存的阳光再次点亮十一月,树篱和草丛中的蜘蛛网捕获些许阳光,让白天又明朗起来。梣木被大雨剥光,桤木和栎树依然坚守绿色。

我喜欢阅读树皮的盲文——闭上眼睛,凭触觉判断物种。

栎树干上有一片片矩形的马赛克，老桦木树皮上有格栅，溪边奄拉的西洋接骨木纵向条纹上有着凸起的树结。银桦树皮如丝绸般顺滑。还有河岸地边界上树篱中那最后一棵榛树，已经从灌木长成大树了。而这排树篱如今已不再是树篱，成了一队弓腰驼背、迈着沉重步伐行进的哨兵：历经多少古老的夏日，它们被奶牛打磨得无比光滑。奶牛推推搡搡经过时，把两根栎树门柱也打磨光滑了，因此这褪色的木桩看起来光亮无比，摸起来也光亮无比。

可玛戈不会继续磨木桩了，这硕大的老奶牛走了。依我看，既然是讣告，就应该说出名头来："沃灵沃斯（Worlingworth）的玛戈，山地国王哈里和山地恩贝尔之女。"她是一头纯种无角红牛。她罹患关节炎已有两年，总是摔倒，需要几个人或吉普车扶她站起来，起来以后又会跟在牛群最后快乐地缓行。

而这个早上没有死而复生的时刻，没有奇迹。她倒在小围场的排水沟里，我们用拖拉机和链环有拳头那么大的工业链条才把她从凹陷的泥巴中拖出来——拖拉机尾气像火山喷发似的从阀盖里冒出来。拉到地里躺下后，连我的爱抚之言都无法让她重新振作。她侧躺着：瞪着白色大理石般的眼睛，眼里布满血丝，向上望着。她穿得很不讲究，华美的外套上覆了一条灰暗的泥巴披肩。挣扎的前蹄，在草地中划出小小的新月，那里草没了，只有更多泥巴。

她的女儿米拉贝尔溜过来，用鼻子嗅嗅母亲。她在雾中就能闻到死亡的气息。

我往家里走，本打算给兽医打电话为她注射安乐死，可我停下了脚步。玛戈讨厌兽医，因为他们浑身散发着薄荷除臭剂的味道，还让她紧张不安。这位老妇人享尽天年，我决定还是让她自然离世。一整个惨淡的上午，女儿都站在她身边，却不再看她一眼。其他奶牛一头接一头经过，用古怪的嗅闻礼默哀。最后轮到我，那是她离开之时。她离世的那天下午，天空布满紫色油彩。我用一个装甜菜根的塑料袋子遮住她的脸，避免乌鸦啄走她的眼睛。

玛戈。我可爱、暴脾气的老奶牛，真正属于这片地的生灵。

据最新基因学研究，所有的家牛品种都源自80种驯化而来的动物，仅80种而已，这些品种均是10500年前在伊朗从欧洲野牛驯化而来的。那时，农耕出现还没多久。英格兰养牛业历史较短，第一批驯化的家牛约为6000年前来到。它们对英格兰的土地产生了直接的影响,蜣螂的数量也同比增长。

食草家畜主要是绵羊,尤其是在山谷肥沃的低地,绵羊提供羊毛、羊肉和羊奶。相比之下,牛则有另一种优势:可以当动力机使。在新石器遗址出土的牛骨上,就有耕地拉犁负重导致的磨损。奶牛当然也是"牛"的一种,营养不良或人工育种使得家牛体形比野生品种更小(苏格兰一些奶牛肩高仅1米),也更容易控制。

威塞克斯[1]撒克逊国王伊尼[2]时期的律法表明,当时养牛业和今天大同小异,牛养在地里。

40.下层自由民的地产冬夏皆应以栅栏围起。否则,若邻人之牛从缺口钻入,他无权将此牛占为己有,必须将其逐出,自行承担损失……

42.倘若自由农民按规定须为某处草地或其他划成条状的土地搭建围栏,部分人按要求搭建,部分人没有,若共有耕地或草地被(无主动物)啃吃,未修建围栏者,须赔偿已修围栏者蒙受的损失。

---

[1] Wessex,建于公元6世纪初,为彼时的英格兰七国之一,后统一整个英格兰。
[2] King Ine of Wessex(在位时间:688—726年),他是第一位颁布法典的威塞克斯国王,为英格兰社会和律法奠定了基础。

为生产牛肉而养牛则更晚才出现，但这绝对算得上英国传统，赫里福德郡草地在这一产业中起着重要作用。到18世纪，英格兰南部的牛全身红色，尾部一撮白毛，和现在的无角红牛差不多。18世纪前，其他牛（主要是短角牛）被用于繁育长着典型白脸的肉牛新品种赫里福德牛，1817年开始向世界各地销售，从美洲到澳洲。圣乔治、英式橄榄球、黄瓜三明治、草地上的板球运动[1]，都不如牛肉能代表英格兰。几个世纪来，牛肉都是英格兰的象征，在法国人眼中，我们就是"烤牛肉"。作于1731年的歌曲《老英格兰的烤牛肉》（*The Roast Beef of Old England*）红极一时，剧院观众曾会一起跟着唱。

英格兰以前吃最棒的烤牛肉，
让我们心灵高尚，血脉强壮。
我们的战士英勇，朝臣贤良。
哦！烤牛肉的老英格兰，
老英格兰的烤牛肉！

牛肉口感的决定性因素是牛的饮食。和美洲不同的是，

---
[1] 一种以板击球的球类运动，分两队比赛，每队各11人，据传源自英格兰牧羊人以牧羊曲柄杖作为球板击球的运动。

英国牛依然以天然草料为主食——鲜牧草或干草料等以草制成的饲料。在对比测试中，食草牛的肉总是更美味，当然也更健康：富含更多种维生素，减少不健康脂肪，外加有利于健康的Omega-3脂肪酸。

但现在的牛肉口味还是不比从前。这是为什么呢？动物受其饮食影响，从前牧草丰富多样，因此牛肉也更美味。

1627年，最后一头欧洲野牛死于波兰。（因人类捕猎造成其他物种灭绝，这种事早就不新鲜了。）欧洲野牛的体形，同今天的比利时蓝牛等体形较大的牛差不多。也就是说，一万年后，我们只繁育出了和野牛差不多大的奶牛。

我闷闷不乐地在草地上游荡，这里处处是玛戈留下的痕迹。（我对牲畜粪便的关注度堪比罗马预言家对猫头鹰内脏的关注度。排泄物很能说明动物的身体状况。如果羊排泄出碎成羊粪蛋的墨黑粪便，就是好兆头；绿色黏液就糟了，可能是肠道寄生虫过多。）有粪便的地方，就有丰富的无脊椎生物。多达250种昆虫生活在牛粪中。在《英国红皮书》（*British Red Data Book*）中有56种依赖粪便生存的甲虫，其中有16种生存在牛粪里，15种生存在马粪里，13种生存在羊粪里。每年，一头奶牛的排泄物可为0.1吨昆虫幼虫提供食物。

粪便是深受昆虫欢迎的食物来源，不等落地可能就有昆虫在上面产卵。食草动物只能从草中吸收约10%的能量，因此分解后的排泄物营养丰富。所有这些无脊椎动物都有助于粪便分解循环，转而也为食肉动物提供了丰富的养分。粪便让泥土更加肥沃，养活长长一条生物链。

奇怪的是，有不少异常美丽的昆虫也生活在粪便中。这个下午足够热，深紫红色与褐色相间的粪蝇出来闲逛。我用一根棍子戳戳牛粪，里面有些隐翅虫和粪金龟科昆虫，如粪金龟科的"粪堆粪金龟"（学名：*Geotrupes stercorarius*），它上面是黑色的，底下闪耀着迷人的紫色光泽。

细菌是默默无闻的功臣，每克粪便约有十亿个细菌，它们是这片地的隐形农民，默默把排泄物分解成腐殖质，融入土壤之中。

**11月11日** 圣马丁节。曾是宰牲口腌肉的日子。现在是阵亡将士纪念日，这一天，法国人会用灯光点亮暗夜。从前，人们会准备大餐和招聘会庆祝圣马丁节。这也是务农者寻找新工作的日子：

> 要找新东家，男人和男孩就会站在小镇街道上，嘴里咬着一根稻草，找到雇主了就加入长桌和观看游园会演出的欢乐人群。本区的女士们一般会为女人和女孩专门布置一个大厅，供应合适的小点心。晚上，还有舞会和其他娱乐活动。今年，大部分地方都遇到麻烦了，想寻得优质员工并不容易。因为主人家担心有才干的男工女工流失，早就盘算好了留用老员工。这种情况下，二等仆人获得的薪资会高于预期。从主要集市来看，大部分半年19镑工资的工头能在前一年的薪酬中多得1镑作为预付金，薪资为15镑的熟练挤奶女工也能得到预付金。
>
> 《曼彻斯特卫报》，1913年11月22日

圣马丁节的传统食物是牛肉。圣马丁节牛肉是放在烟囱里熏干的，这是赫里福德牧区冬日的主食。有这样的说法：

> 要是乡下缺美食
> 圣马丁牛肉最耐吃。

## 11月
November

从1918年起，11日便成了停战纪念日，圣马丁节的传统庆祝活动全部消失。但这情有可原——马丁是一位拒绝参战的罗马士兵，他说："我是基督的战士，参战天理不容。"

今年纪念日，玛戈被带走了，她僵硬的尸体被屠夫用绞车吊起来，放在巨穴般的大卡车后面，成为戈雅笔下地狱场景[1]的一员，和她躺在一起的，还有浮肿的绵羊、腿一动不动的奶牛，还有一头泛黄的猪。

她属于这片地，我想将她安葬于此，让她的血肉滋养这片土地。可根据政府规定，她必须在屠宰场焚化。

我只有哭泣的份儿。

**11月18日** 田鸫和白眉歌鸫飘来飘去，已经有几周了。但现在，它们像维京海盗一样大批杀过来。这些鸟儿唱着冬之声。

我听见它们是晚上来的，叫着"喳卡——喳克"。毫无疑问，它们清晨在果园翻翻捡捡，收获意外所得，至少有50只。地里有一群来自北欧的鸫鸟在聚会，不同品种混在一起，

---

[1] Francisco Goya（1746—1828），晚期绘有被称为"黑色绘画"（black paintings）的惊悚暗黑作品，有评论家称之为可怕的地狱。

扯着门边的山楂果。

　　田鸫的英文fieldfare源自盎格鲁-撒克逊语felde-fare，即"田间旅人"。在乔叟眼中，其学名 *Turdus pilaris* 则为"和霜而来的田间旅人"，而它们的确也是迫于故乡斯堪的纳维亚的严寒而来。100万只白眉歌鸫和田鸫从北方飞来，许多似乎是与我们同步到来的，蒂比·海德伦[1]见了肯定害怕。

**11月20日**　纸上速记："桤木落叶，蜜蜂（柔荑花序）还在。栎树叶燃成一片红，似沼地里的小栎树像是在举办风中的维京海盗葬礼。"

**11月21日**　从灌木丛旁蔓生的犬蔷薇上摘玫瑰果时，我遇到了最离奇的反常增生现象——针褥瘿。这是由一种小小的蔷薇瘿蜂（学名：*Diplolepis rosae*）引起的。雌蜂在玫瑰花

---

[1] Tippi Hedren，希区柯克惊悚片《群鸟》的女主演，该剧中女主人公抵达一座小镇后，当地鸟群开始袭击人类。

蕾上产卵，导致花朵的正常生长过程重新编码，结出形似苔藓的圆球。八月那会儿，这个球的直径可能有7~10厘米，里面是个蜂巢，每个小格子里有一条瘿蜂幼虫。这种瘿蜂的住处还藏着一群杂七杂八的投机主义者，如其他瘿蜂以及寄生蜂。里面甚至还可能有一种寄生于其他寄生蜂的小蜂，而它寄生的寄生蜂又寄生于另一种寄生蜂——共计四种寄生蜂，形成一条食物链，一种为另一种提供食物。

这个针褥瘿鼎盛期已过；但现在十一月底裂开，里面仍住着小小的蜂类幼虫。

一些银喉长尾山雀在栎树间忙忙碌碌。肯定有20只左右，也许都是亲戚。它们不停"叽叽"呼朋唤友。这种鸟的合作模式，连达尔文看了都会震惊。

**11月24日** 车道上有只死獾——我确定是那只老公獾。车祸遇难者。獾看起来并不美：猪一样的吻鼻，脸上杂色条纹，近看更奇怪。

我继续开车，把獾留在车道边上。孤独的极致，莫过于死亡。

次日清晨，我带了一个塑料袋（甜菜颗粒不可避免）来装这只獾，打算把他埋到地里。

獾的尸体已被移走，也许是地方管委会吧，他们有专人清理獾的尸体。但刹那间我感情用事，突然感觉可能是獾的家属把尸体带走埋了。博物学家布赖恩·维西-菲茨杰拉德曾见过一场獾的葬礼，那是1941年"二战"期间，那家獾挖了个墓，将已故亲人拖过去推下去，然后盖上土。尘归尘。雌獾在没有月光的夜里整夜哀号。

**11月27日**　今夜，我邂逅了见所未见、闻所未闻的东西。夜已深，我爱黑暗中的孤寂，所以去地里，在月光下漫步。正当我向西望去，望着威尔士中部无法打破的寂静夜空时，一道白色的弧光突然出现在空中，横跨我面前的土地。我犹豫了，害怕了，好像成了天选之子，即将接受神圣的天启，接受大马士革默示[1]，几秒后我才意识到自己看到的是什么。

是夜间的彩虹——月虹。

---

[1]《圣经》中原先迫害基督徒的扫罗（即圣徒保罗的前半生）在前往大马士革的路上突遇光芒普照，随后得到耶稣天启，改变人生轨迹。

**11月28日** 笔记:"清晨在地里:寒鸦早上6:45排成队打转。来了更多。好吵。大群飞走,但也有几个我行我素的独行侠。"两小时后,珍珠母色的日光洒了下来。

鸟儿或呼朋唤友,或发出警报,但地里只有知更鸟在歌唱:就连冬天它们都要保卫自己的小地盘。尽管知更鸟在圣诞卡上永远是受欢迎的形象,可现实中却是种凶恶的鸫科小鸟。一只死知更鸟躺在树篱边的草丛里,脑袋被啄成一团浆糊,一只眼睛被喙恶狠狠地扎出来了。

垂死的世界。为了经营多元化,附近有家农场变身度假村。他们美妙的田园景致中将会长出印第安圆锥形帐篷,像雪白的柏柏尔织毯[1]上沾了狗屎一样煞风景。

风掠过山谷,搜刮土地上的每一道褶,搜查每一件没有扣起来的外套。雄狐列那兴奋地挖地,他的皮毛十分灿烂——

---

[1] 一种手工厚织毯,传统上由北非的柏柏尔人编织。

是落叶的锈红色。但风太大，吹乱了他的毛发，一只触电的卡通狐狸看起来都比他更整洁一点。我走在他后面，他既没听见，也没看见。柔软的地面吸收了我脚步产生的震动。我童心未泯，忍不住想恶作剧吓唬他一下。等近到可以揪住白尾巴时，我大声咳嗽。

狐狸当然要跑。

**11月30日**　午后，温暖的橘色微光。入夜，草地下霜了，脚踏在上面，踩出叹息声。我把外套再裹紧一些，把自己裹进地里，包进泥土。夜色降临，我可以听见树篱中田鼠、鼩鼱和老鼠在懒洋洋地觅食。鼩鼱不会冬眠，它们太小了，无法贮存足够的脂肪过冬。这渗透着凉意的繁星之夜，只能用一个词组来形容：闪闪烁烁。

# December

## 12月

狐 狸

12

这片地了无生机。按下快门。一张无声的照片。与夏日喧嚣截然相反。草已经不再生长。

配上了无生机的雾气,似乎变成了黑白照。长在林子农场排水沟底部的那棵异株蝇子草,不合时宜地坚守阵地,这下终于放弃了。只有灌木丛和树篱中才能看到些许颜色——枸骨叶冬青、山楂和玫瑰果的红色。中世纪时,枸骨叶冬青即圣诞树,人们认为鲜红色的浆果与基督的鲜血颜色相似。十二月还有其他红色。知更鸟。猎装。狐狸。

雾气渐渐飘散,取而代之的是令人兴奋的一周——白霜,碧空,狐狸对着猎户座的一弯新月吠叫。太阳还没下山,金星就出现在空中。夜间落雪。

清晨,地里好像盖了一床白被子,一声鹰唳,普通鵟飞在空中,草地上一道清晰的尿痕。透过河岸地树篱的缝隙,我看见狐狸蹑手蹑脚地走在雪地上,耳朵警惕地听着。狐狸停下来,转过脑袋,好听得更清楚。再走几步。仔细听。后仰站起来,像潜水一样跃过去。

雪中一阵骚动。

活捉一只田鼠,整个生吞下去。

大概是十岁那年,父亲在黄色罗孚2000(Rover 2000)后备厢里运了一样红毛的东西回来。近看,其实是一只狐狸标本,本来是摆在赫里福德西街装饰枪匠窗户的。这狐狸不是单纯的标本,而是一个爱德华时代野外运动小雕塑的中心摆件,是完整场景的一部分:狐狸龇牙咧嘴叫着,看着从洞里钻出来两只兔子。(雕塑部分用的是某种早期彩绘塑料。)枪匠的店面要关门了,父亲很懂我,觉得我肯定会喜欢那只狐狸。

我的确喜欢。狐狸摆在了我的卧室里,我们的拉布拉多也喜欢:他们常常悄悄溜进来啃兔子标本。

我可以盯着狐狸看几个小时。我还不时测量,量一量从爪子到肩膀的高度、虎牙尖到下颌骨的长度、尾巴尖到背上的距离。狐狸引我走上自然阅读之路,我去布罗德街(Broad Street)的公共图书馆借书,偶然发现了BB的书《野外的独行侠:一只皮切利狐狸的故事》(*Wild Lone: The Story of a*

## 12月
## December

*Pytchley Fox*)。从一定程度上来说，那只狐狸标本让我受益匪浅，因为最能在精神层面激发我对自然尊重情感的，是BB，这种情感不只是单纯的欣赏或多愁善感。(不过这两点也是存在的。)

尽管我很喜欢那只狐狸标本，但现实中的狐狸却没让我产生多少好感，狐狸是我们鸡、鸭和小羊羔的杀手。我只是尊重它们，并不爱它们。我的矛盾情绪由此可见：就我自己所了解到的，我是唯一既捉过狐狸、又阻止过猎狐活动的人。

时至今日，我才终于明白狐狸为何让我感到不安。狐狸是犬科动物，却有着猫科动物的特点，这极度令人困惑。除了猫科动物式的跳跃动作外，它们还长着垂直的细缝瞳孔。而制作我那个狐狸标本的爱德华时代标本师，却给它安了小狗一样迷人的琥珀色眼睛。

这只狐狸一路小跑穿过雪地，对自己的魅力心知肚明：十一月到次年二月之间，是他外套最好看的时候。这是一只不折不扣的乡下狐狸。只要光线凑合，我单凭体型和纯黑的腿就能从一堆狐狸中认出他来。他3岁了，二月出生的那批幼崽是他的孩子。有时,我在家里观察他绕着自己的领地跑,他的领地差不多是两个农场多一点,约有100英亩,主要以河流和道路为界。尽管他是慢跑——狐狸只有跟踪的时候才走路,但每隔50码或不到就要停下来,嗅气味。我总是喊他列那。列那能活到3岁已经不错了。成年狐狸每年死亡率高达50%,幼崽和少年时期死亡率则为60%~70%。

我知道小树丛中的一只幼崽已经死了,它蹚过河流,走进了采石场树林狐狸的地盘。两天前,它的尸体在狭长手指那边的绵羊地中间清晰可见。我过去的时候,看到它脖子上有遭遇狠狠袭击的痕迹。

当然,对狐狸怀有矛盾感情的不只是我,全英国人的态度都跟抽风似的。没有哪种动物像列那们这样被人拼命消灭过,也没有哪种动物像列那们这样被热切地拟人过——两种行为都很频繁,列那这个叫法源自12世纪的拉丁语诗歌,诗中狐狸列那德斯(Reinardus)折磨他愚蠢的狼大叔伊森格里姆斯(Ysengrimus)。在乔弗里·乔叟1390年《修女的教士的故事》(*Nun's Priest's Tale*)中,他又以罗塞尔(Rossel)的身份出现,该形象最终在威廉·卡克斯顿(William Caxton)1481年出版的《列那狐》(*History of Reynard the Fox*)中成熟。有计划地猎捕灵巧孤独的赤狐(学名:*Vulpes vulpes*),同样可追溯到很

12月
December

久以前，13世纪爱德华一世时代就有皇家猎狐手了。猎杀狐狸不仅限于用猎犬：《都铎王朝有害动物法案》(*Tudor Vermin Acts*)规定，一个狐狸头1先令，人类才不管列那到底怎么个死法。动物历史学家罗杰·洛夫格罗夫（Roger Lovegrove）在《寂静的田野》(*Silent Fields*)中称，古代不列颠岛乡间是猎狐最狂热的地方，包括威尔士和英格兰交界处这边。

草地台球桌面般平滑的一片绿消失了。两日白霜，草地看起来苍白倦怠。片刻美妙，雨滴在苔草头上闪耀，像莱德·哈格德[1]故事中闪闪发光的红宝石和绿翡翠。小树丛中的树篱和树木不再像从前那样枝繁叶茂，空留骨架。普通鸢迎黎明，寒鸦现日暮。

**12月14日** 我女儿学校的颂歌仪式。赫里福德大教堂。

---

1 H. Rider Haggard（1856—1925），著有《所罗门王的宝藏》(*King Solomon's Mines*)等探险故事。

仪式的第一部分在黑暗中进行，只在教堂十字形两翼中间悬了一根根蜡烛，围成一圈。那夜，我晚些时候去地里，被高耸陡峭的黑暗之壁包围，星光高悬头顶。山为高墙，群星的烛光。大教堂和这片地没什么区别。

灯光照过来，我义愤填膺。站在浩瀚的繁星之夜中，就是宇宙公民。见宇宙之浩瀚。南方古猿[1]曾带着惊奇和幻想，仰望星空。伦敦"二战"期间遭德国猛烈空袭后，就再也没出现过璀璨星空了。

次日下午，一群欢快的紫翅椋鸟从村庄飞过。它们冬日的羽翼色彩鲜艳，本身就是一幅星空图[2]。

**12月16日** 这片地的底层世界。一场细雨很管用，土地解冻了，雨后我在挖洞，打算加密栏柱。我觉得往草地底下挖特别容易上瘾，草地会显现出不为人知的一面。

草地下层的生物多得惊人。一只C形的金龟子幼虫，一

---

[1] 一种从猿到人过渡阶段中的混合体，约100万~500万年前生存于南非、东非及中非，分不同类型，一般认为其中一种向后期人类演化，其余则灭绝。
[2] 紫翅椋鸟羽毛具有金属光泽，黑色、紫色和绿色中闪烁着星星点点。

## 12月
### December

只狼蛛，一株小小的球棒脑袋黄色菌菇，一只蝶蛹。铲子越挖越深，越能看到蚯蚓的运作方式，每条都是有机犁，它们把叶片拉下去、分解、不停向表面输送蚯蚓粪。这些活动在地表之下40厘米左右进行，比蒲公英肿大的根走得还要更深。春天植物的汁液增多：那是冬天沉入根部的精华。

阴沉的周日午后，纹丝不动的灰白天空，远处上游传来锯子的吱呀声。伊迪斯和我去地里顺着边缘溜达，我们靠近蝾螈沟的时候，伊迪斯偷袭了一只沙锥鸟，但它拐来拐去飞走了。

回到屋里，我翻阅日记，记下我这一年在地里看到的所有鸟类。先记下住在地面、树篱和林中的：

沙锥鸟、欧歌鸫、乌鸫、苍头燕雀、知更鸟、普通鵟、红腹灰雀、渡鸦、喜鹊、云雀、白腰杓鹬、斑尾林鸽、红额金翅雀、秃鼻乌鸦、白鹡鸰、灰山鹑、普通鸭、斑鸫、叽咋柳莺、黑顶林莺、大斑啄木鸟、绿啄木鸟、鸲鹟、银喉长尾山雀、白眉歌鸫、田鸫、草地鹨、家麻雀、寒鸦、绿头鸭、纵纹腹小鸮、黄鹡鸰、小嘴乌鸦、蓝山雀、大山雀、凤头麦鸡、苍鹭、灰林鸮、仓鸮、黄鸸、紫翅椋鸟。

再写下空中飞过和岸边栖息的：赤鸢、红隼、鸳鸯、苍鹭、加拿大黑雁、雨燕、家燕、毛脚燕、秋沙鸭、翠鸟、雀鹰、凤头䴉䴉、河乌。

总体来说，比去年多两个品种，但有两种显然没来：树麻雀和燕雀。

我趁热打铁，把草地见到的开花植物也列出来了：草甸碎米荠、锥足草、小鼻花、牧地山黧豆、直委陵菜、百脉根、日内瓦筋骨草、粒牙虎耳草、魔噬花、小米草、滨菊、红车轴草、白车轴草、欧洲蓝钟、斑点疆南星、异株蝇子草、欧蓍草、蒲公英、花野芝麻、毛地黄、洋甘菊、蓟、绿毛山柳菊、布谷鸟剪秋罗、欧活血丹、原拉拉藤、五叶银莲花、多年生山靛、繁缕、酸模、峨参、欧亚独活、黄花九轮草、欧报春花、犬蔷薇、忍冬、野豌豆、长叶车前草、毛碎米荠、糙毛狮齿菊、黄唐松草、荨麻、草原老鹳草、秋狮齿菊。

**12月17日** 地里吹过一阵残酷的风。现在，树叶或枯死，或落尽，体形较小的鸟儿看得更清楚了。在河岸地布满地衣的苹果树中,一只小小的旋木雀飞了上去,用喙啄啊啄,它的喙和白腰杓鹬一样,是向下弯曲的。

天很快就黑了,一只獾出现在小树丛边。三只路过的小嘴乌鸦立刻冲上去打劫,獾消失了。我过去一看,只见獾拖着一些散落的干草去栅栏那边,可能是用来铺床的。真是野心勃勃,獾穴在几百码开外呢。但在那个洞里,生活显然在正常运行,就像过去的多少年里那样。

**12月19日** 今天温和得出奇,好像春天到了,十二月似乎被颠覆了。早晨,整片地都织了蜘蛛网,一大片,低悬的太阳在上面反射出刺眼的光芒,像海面的月光。空气中到处飘浮着一根根蛛丝,每根上面都载着一只打算离家的蜘蛛少年。

**12月23日** 狐狸交配的时间快到了,夜晚处处是狐鸣。

尽管狐狸只会断断续续发出短促尖叫或大呼"呜——呜",但狐鸣的音域很广。它们还会竖起脖子上的毛,发出"哇啊啊啊啊啊啊阿"的号叫。

在月光下,我走进地里,听见另一种狐鸣声:"叽咯铃"。这是一种用于对话、断断续续的尖叫,听起来更像鹦鹉,不像犬科动物。这是狭路相逢的攻击警告。这声音是从河对面传来的,伴着流水咕噜噜的背景音都能听见。我在地里向前走,近乎无声,两日雨水浸湿黏土,现在又冻上了。草间,月光洒下闪闪发亮的钻石。我从栅栏侧边窥视,看见两只狐狸的剪影分别站在河两侧,相隔8英尺。赤狐非常看重领地。我溜到岬角,在周围转悠,它们有的忙呢,流水声足以掩盖我大声前进。走到10英尺之内,站在艾斯克利河对面鹅卵石上的狐狸被照得清清楚楚:我能看见他咆哮的嘴里呼出的气息,看见他的耳朵是多么扁平。

狐狸的生活历史悠久。在沃里克郡(Warwickshire)的伍尔斯顿(Wolstonian)冰川沉积物中就发现了赤狐残骸,这说明早在33万到13.5万年前它们就已经在活动了。

气氛变了,远处河岸的狐狸抬头发现了我,跳开了。列那消失在灌木丛的阴影中。

然后我也回窝去了。

**12月27日**　夜间，气温骤降到零下。生命的脉动趋于静止，放慢速度。甲虫、蠕虫和蝶蛾幼虫都躲了起来，逃避寒冷惨白的冬天。地里弥漫着一年将尽的锈铁气息。若不将回忆中的场景叠加在这片地里，眼前可能只剩一片空白了。我在这片地里亲手割草，成为它的一部分，我在这里明白了简单的快乐。如果你想知道什么是快乐，问问收干草的吧。

**12月31日**　元旦前夕。我把羊群赶进地里，在饲料槽里放了堆干草。这是一种良性循环，干草是我从这片地里收割来的——夏天制备，用防雨布拖过来的，现在防雨布已与干草融为一体。

绵羊和干草都进去了。渡鸦呱呱叫。我关门离开。这片地就是这样，一直如此，今后亦然。

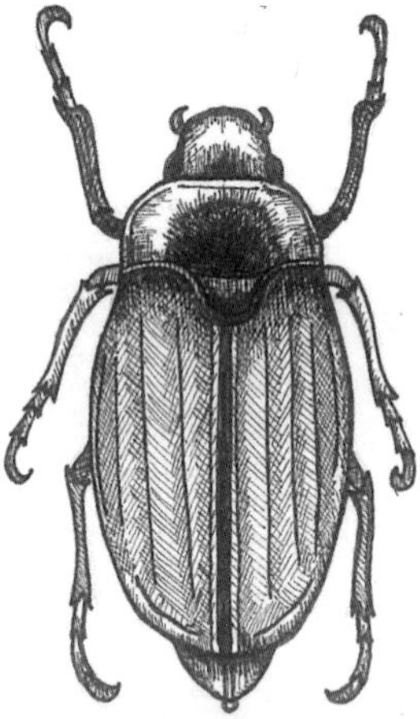

# 植物名称
## Flora

桤木，alder
苹果树，apple
梣木，ash
秋狮齿菊，autumn hawkbit
百脉根，bird's-foot trefoil
黑莓，blackberry
黑刺李，blackthorn
欧洲蓝钟，bluebell
欧洲蕨，bracken
野生黑莓刺丛，bramble
泻根，bryony
日内瓦筋骨草，bugle
牛蒡，burdock
野豌豆，bush vetch
洋甘菊，camomile
原拉拉藤，cleavers (goosegrass)
鸭茅，cock's foot
剪股颖，common bent
唐松草，common meadow rue
救荒野豌豆，common vetch
黄花九轮草，cowslip
峨参，cow parsley

野酸苹果，crab apple
洋狗尾草，crested dog's tail
草甸碎米荠（学名：*Cardamine pratensis*）/ 斑点疆南星（学名：*Arum maculatum*），cuckoo pint，该俗名可能是二者之一。
蒲公英，dandelion
颠茄，deadly nightshade
魔噬花，devil's bit scabious
酸模属植物，dock
犬堇菜，dog violet
多年生山靛，dog's mercury
染料木，dyer's greenweed
西洋接骨木，elder
榆木，elm
小米草，eyebright
野勿忘草，field forget-me-not
栓皮槭，field maple
田野媂草，field scabious
冷杉，fir
毛地黄，foxglove
黄花柳，goat willow

羊角芹, ground elder
欧活血丹, ground ivy
山楂, hawthorn
榛树, hazel
毒芹, hemlock
欧亚独活, hogweed
枸骨叶冬青, holly
忍冬, honeysuckle
常青藤, ivy
葱芥, Jack-by-the-hedge
木耳, Jew's ear
黑矢车菊, knapweed
草甸碎米荠, lady's smock
细辛叶毛茛, lesser celandine
裸盖菇, liberty cap mushroom
斑点疆南星, lords and ladies
沼泽蓟, marsh thistle
草地毛茛（高毛茛）, meadow buttercup
草原老鹳草, meadow cranesbill
大看麦娘, meadow foxtail
草地早熟禾, meadow grass
旋果蚊子草, meadowsweet
牧地山黧豆, meadow vetchling
槲寄生, mistletoe
荨麻, nettle
栎树, oak
锥足草, pignut
欧报春, primrose
凌风草, quaking grass
布谷鸟剪秋萝, ragged robin

异株蝇子草, red campion
红车轴草, red clover
紫羊茅, red fescue
长叶车前草, ribwort plantain
柳兰, rosebay willow herb
普通早熟禾, rough meadow grass
黑麦草, rye grass
虎耳草, saxifrage
苔草, sedge
黑刺李, sloe
雪滴花, snowdrop
酸模, sorrel
圣乔治蘑菇（香杏丽菇）, St George's mushroom
繁缕, stitchwort
黄花茅, sweet vernal
蓟, thistle
梯牧草, timothy
直委陵菜, tormentil
发草, tufted hair-grass
粪生斑褶菇, turf mottlegill mushroom
毛柄冬菇, velvet shank mushroom
白车轴草, white clover
滨菊, white daisy
柳树, willow
五叶银莲花, wood anemone
地杨梅, woodrush
欧蓍草, yarrow
花野芝麻, yellow archangel
小鼻花, yellow rattle

# 动物名称
## Fauna

蚜虫，aphid
仰蝽，backswimmer
獾，badger
仓鸮，barn owl
越桔卷叶蛾（英文俗名直译），bilberry tortrix moth, *Aphelia viburnana*
黑蛞蝓，black slug
乌鸫，blackbird
黑顶林莺，blackcap
黑蝇，blackfly
蓝山雀，blue tit
钩粉蝶，brimstone butterfly
褐斑翅蛾（英文俗名直译），brown-spot pinion moth, *Agrochola litura*
红腹灰雀，bullfinch
杜父鱼，bullhead
熊蜂，bumblebee
普通鵟，buzzard
菜粉蝶，cabbage white
石蛾，caddis fly
加拿大黑雁，Canada goose
小嘴乌鸦，carrion crow

苍头燕雀，chaffinch
小蜂，chalcid wasp
白垩山蓝蝶（英文俗名直译），chalk hill blue butterfly, *Lysandra coridon*
雨蛙，chameleon frog
叽咋柳莺，chiffchaff
欧洲鳃金龟，cockchafer
伊眼灰蝶，common blue butterfly
灰山鹑，common partridge
大蚊，crane fly/leatherjacket
布谷鸟（大杜鹃），cuckoo
白腰杓鹬，curlew
豆娘，damselfly
水鼠耳蝠，Daubenton's bat
河乌，dipper
粪金龟，dor beetle
蜻蜓，dragonfly
粪蝇，dung fly
林岩鹨（篱雀），dunnock（hedge sparrow）
蚯蚓，earthworm
田鼠，field mouse

黑田鼠, field vole
田鸫, fieldfare
狐狸, fox
狐狸蛾（英文俗名直译）, fox moth, *Macrothylacia rubi*
青蛙, frog
草地沫蝉, frog-hopper
瘿蚊, gall midge
瘿蜂, gall-wasp
看门人蝴蝶（英文俗名直译）, gatekeeper butterfly, *Pyronia tithonus*
蓝霜剪子蛾（英文俗名直译）, glaucous shears moth, *Papestra biren*
红额金翅雀, goldfinch
草蛇, grass snake
凤头䴙䴘, great crested grebe
大斑啄木鸟, great spotted woodpecker
大山雀, great tit
马铁菊头蝠, greater horseshoe bat
丝光绿蝇, green bottle fly
绿啄木鸟, green woodpecker
希伯来字符蛾（英文俗名直译）, Hebrew character moth, *Orthosia gothica*
刺猬, hedgehog
苍鹭, heron
虻, horsefly
毛脚燕, house martin
家麻雀, house sparrow
食蚜蝇, hoverfly
寒鸦, jackdaw
松鸦, jay
红隼, kestrel
翠鸟, kingfisher
瓢虫, ladybird

凤头麦鸡, lapwing
肖蛸科蜘蛛（*Tetragnathidae*）, large-jawed spider
盲蝽, leaf bug
小黄后翅蛾（英文俗名直译）, least yellow underwing, *Noctua interjecta*
小奶油波浪蛾（英文俗名直译）, lesser cream wave moth, *Scopula immutata*
纵纹腹小鸮, little owl
泥鳅, loach
银喉长尾山雀, long-tailed tit
喜鹊, magpie
绿头鸭, mallard
鸳鸯, mandarin duck
金堇蛱蝶, marsh fritillary butterfly
蜉蝣, mayfly
黄毛蚁, meadow ant
草地褐蝶, meadow brown butterfly
草地雏蝗, meadow grasshopper
草地鹨, meadow pipit
秋沙鸭, merganser
灰背隼, merlin
摇蚊, midge
真鱥, minnow
鼹鼠, mole
皿蛛（*Linyphiidae*）, money spider (5)
蚊子, mosquito
蝾螈, newt
欧亚夜鹰, nightjar
山蝠, noctule bat
普通䴓, nuthatch
红襟粉蝶, orange-tip butterfly
水獭, otter
掌滑螈, palmate newt
孔雀蛱蝶, peacock butterfly

# 动物名称
# Fauna

雉, pheasant
白鹡鸰, pied wagtail
艾鼬, polecat
黾蝽, pond skater
扑粉素色蛾（英文俗名直译）, powdered quaker moth, *Orthosia gracilis*
兔子, rabbit
大鼠, rat
渡鸦, raven
红松鸡, red grouse
赤鸢, red kite
白眉歌鸫（红翼鸫）, redwing
知更鸟（欧亚鸲）, robin
秃鼻乌鸦, rook
隐翅虫, rove beetle
泥巴眼蛾（英文俗名直译）, satyr pug moth, *Eupithecia satyrata*
稀缺毒蛾（英文俗名直译）, scarce vapourer moth, *Orgyia recens*
黑田鼠, short-tailed vole
鼩鼱, shrew
管巢蛛（*Clubionidae*）, silk cell spider
六星灯蛾, six-spot burnet moth
云雀, skylark
蛞蝓（鼻涕虫）, slug
红灰蝶, small copper butterfly
沙锥鸟, snipe
士兵甲虫（花萤）, soldier beetle
雀鹰, sparrowhawk
斑鹟, spotted flycatcher
弹尾虫（跳虫）, springtail
松鼠, squirrel
紫翅椋鸟, starling
白鼬, stoat
家燕, swallow
雨燕, swift
灰林鸮, tawny owl
鸫, thrush
蟾蜍, toad
荨麻蛱蝶, tortoiseshell butterfly
旋木雀, treecreeper
鳟鱼, trout
紫罗兰步甲虫, violet ground beetle
划蝽, water boatman
河鼠（水䶄）, water vole
伶鼬, weasel
欧柳莺, willow warbler
有翅蚁（飞蚁）, winged agate (flying ant)
有翅黄毛蚁, winged meadow ant
狼蛛（*Lycosidae*）, wolf spider (2)
小林姬鼠, wood mouse
斑尾林鸽, wood pigeon
鼠妇（潮虫）, woodlouse
鹪鹩, wren
黄鹡鸰, yellow wagtail
黄鹀, yellowhammer

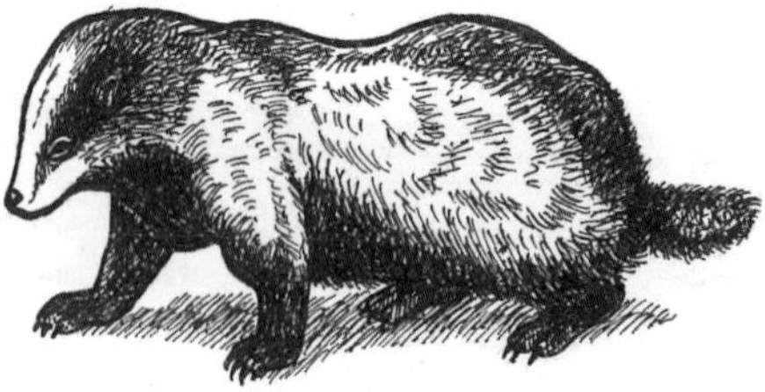

## 草地图书馆的藏书与音乐
### Bibliography

你读的书决定了你。所以我奉上如下内容加以解释。

我真想记起上学时到底是哪位老师给我们念了《小灰人》(*The Little Grey Men*, 给 12 岁的孩子们讲地精的故事, 荒唐啊!)。不过, 我觉得肯定是热情、年轻、穿着绿色灯芯绒夹克的戴维先生。BB 的地精的确让我着迷, 但更吸引我的是书中的潜台词: 英格兰乡间的自然史。

我对乡野并不陌生; 它就在我家门口, 是我祖父母务农的地方, 是我们家族(赫里福德郡分支)曾生活了九百多年的地方。BB 让我意识到了关联性。如果地精可以和野生动物交流, 我为什么不行呢? 这种思考自然的方式不以"咱们"和"它们"二分, 而是将"我们"视为一体。这是由内而外思考自然界, 不是由外而内的。

我常常一个人带着我的黑色拉布拉多犬"漫游者"(名

副其实）四处晃荡，不过有时也会和表亲、堂亲或朋友们一起，那时我已经是一个"自然之子"了。除了狗，我的标配还有一副巨大的10×50布茨牌"帝国"双筒望远镜（Boots Empire），每当我爬树偷窥鸟窝，尤其是去斑尾林鸽筑在老榆木树梢的小树枝棚屋时，它就会晃来晃去打得我生疼。我还收藏着7岁那年得到的《英国鸟蛋观察指南》（Observer's Book of British Birds' Eggs），同样也保存着《野生动物观察指南》（Observer's Book of Wild Animals）和《池塘生物观察指南》（Observer's Book of Pond Life）。此外，《鸟类宝典》（A Book of Birds）是艾琳阿姨和乔治叔叔送我的十岁生日礼，如今它依然躺在书架上，与之比邻而居的是其他不可或缺的70年代鉴鸟指南：《哈姆林英国和欧洲鸟类指南》（The Hamlyn Guide to the Birds of Britain and Europe）以及《柯林斯英国鸟类口袋指南》（Collins Pocket Guide to British Birds）。后者是学校奖励的，来自我意外荣登学术巅峰的时刻。

去赫里福德郡图书馆后没多久，我就听说了BB，回家时书包里也就塞满了《顺清流而下》（Down the Bright Stream）、《野外独行侠》（Wild Lone）和《布伦登切斯》（Brendon Chase）。说BB是对我影响最大的作者，着实要归功于后两本书。《野外独行侠》仍是我心目中深入窥探动物脑海和生活的最佳尝试，而《布伦登切斯》则是男孩在英格兰乡间探险的经典之作，讲述了汉斯曼兄弟在林间过野外生活的故事。[我承认，亚瑟·兰塞姆（Arthur Ransome）的《燕子号与亚马逊号12：保卫白嘴潜鸟》(*Great Northern?*) 也快赶上它了。] 四十多岁时，已经是个老男孩的我终于有了一次野外生存的机会，靠户外觅食和狩猎过活了一整年，《野性生活》一书记录了这段经历。人在野外，绝不该做一个沉溺于细节无法自拔的阴沉怪人。喜欢观鸟，也绝不代表注定会成为麦克·李[1]的剧中人。户外，应始终是一种狂喜的体验。

如果说BB（准确说是丹尼斯·怀特金斯－皮奇福德）始终是我最崇敬的自然题材作家，那么其他作家我只是在不同时候接触过，更像是绵羊经过篱笆时皮毛粘上了原拉拉藤那样。我内心深处的无政府主义者爱着威廉·科贝特（William Cobbett）自给自足的《农舍经济》(*Cottage Economy*)，而作为中年保守狩猎者的我则欣赏布赖恩·维西－菲茨杰拉德的《英国猎物》(*British Game*)。[后者是"新博物学家"（New Naturalist）系列中的第二本，该系列中的任何一本都理应在自然爱好者的书架上占有一席之地。] 我让两个孩子都读了

---

1　Mike Leigh，英国当代著名导演，以刻画普通人的日常戏剧化生活著称，视角敏锐细腻。

巴里·海因斯（Barry Hines）的《小孩与鹰》（*A Kestrel for a Knave*）——我小时候也读过——这是为了让他们明白拥有宠物是多么幸运。如果有一个动物爱你，你永远都不会孤独。

乔治·奥威尔大概写过这样一段话：自传万万不可信，除非其中展现了某些令人难以接受的东西。我在此供认一件小事，我怀疑科学，我高中没选修科学课，却探索了英国田园诗：托马斯·哈代、约翰·克莱尔、爱德华·托马斯，还有令人敬重的英国人罗伯特·弗罗斯特。[托马斯和弗罗斯特曾属于"迪莫克诗人"圈子，而迪莫克（Dymock）离我长大的地方仅几英里之遥。]他们的诗不也都传达着关于自然的真相吗？

你决定了你读的书。我有个坏习惯，喜欢读关于在另一个世界里务农的书：使用滴滴涕[1]之前的英国。乔治·尤尔特·埃文斯（George Ewart Evans）的《询于刍荛》（*Ask the Fellows Who Cut the Hay*）、约翰·斯图沃特·科利斯的作品《蚯蚓原谅了犁》以及乔治·亨德森（George Henderson）的《农务进阶》（*The Farming Ladder*）我总是放在近旁以求安心。

---

[1] DDT，一种有机氯化合物，最早的人工合成杀虫剂。

草地图书馆的藏书与音乐
Bibliography

**我自己书架上的草地藏书：**

Richard Adams, *Watership Down,* 1972：兔子版《埃涅阿斯纪》

J. A. Baker, *The Peregrine,* 1966：贝克追踪游隼一年后所做的记载，他在其中模糊了人与鸟的界线，于1967年获"达夫·库珀"（Duff Cooper）奖。

BB (Denys Watkins-Pitchford), *The Wild Lone,* 1938; *Manka the Sky Gypsy,* 1939; *The LittleGrey Men,* 1942; *Brendon Chase,* 1944; *Down the Bright Stream,* 1948

Ronald Blythe, *Akenfield,* 1969：萨福克最后的传统农业生产。

Maurice Burton, *The Observer's Book of Wild Animals,* 1971

Geoffrey Chaucer, *Parlement of Foules* (trans. C. M. Drennan), 1914

R. Clapham, *The Oxford Book of Trees,* 1986

John Clare, *The Shepherd's Calendar,* 1827：以诗篇呈现农人一年的劳作、节庆和歌谣。

John Clegg, *The Observer's Book of Pond Life,* 1967

William Cobbett, *Cottage Economy,* 1822：关于自给自足的原创经典。*Rural Rides,* 1830：坐在马背上描绘乔治王朝时期的英格兰，精彩而精准。

John Stuart Collis, *The Worm Forgives the Plough,* 1973: 于第二次世界大战期间在英国乡间务农。

Country Gentlemen's Association, *The Country Gentlemen's Estate Book,* 1923

R. S. R. Fitter, *Collins Pocket Guide to British Birds,* 1973

Roger Deakin, *Wildwood,* 2007

G. Evans, *The Observer's Book of Birds' Eggs,* 1967

George Ewart Evans, *Ask the Fellows Who Cut the Hay,* 1956: 萨福克村庄的口述历史。

Thomas Firbank, *I Bought a Mountain,* 1959: 威尔士的山区农业。

W. M. W. Fowler, *Countryman's Cooking,* 2006: 首次出版于1965年，完美地偏离了政治正确。

Sir Edward Grey (Grey of Fallodon), *The Charm of Bird,* 1927: 带我们窥探第一次世界大战的这个人是位热忱的鸟类学者；这是他对鸟歌的研究。彼时，他的视力逐步衰退，耳朵却依然灵敏。

Geoffrey Grigson, *The Englishman's Flora,* 1955: 我时常查阅的植物书。

Lt-Col Peter Hawker, *Instructions to Young Sportsmen,* 1910: 或许是最受欢迎的狩猎书。

## Bibliography

George Henderson, *The Farming Ladder,* 1944

Otto Herman and J. A. Owen, *Birds Useful & Birds Harmful,* 1909: 这是我邂逅的第一本鸟类学书籍，因为它一直放在我童年卧室外楼梯平台的书架上，是我父亲从一位亲戚那里继承来的。

James Herriot, *If Only They Could Talk,* 1970

Jason Hill, *Wild Foods of Great Britain,* 1939: 较早讨论采食的书，极具启发性。

Barry Hines, *A Kestrel for a Knave,* 1968

W. G. Hoskins, *English Landscape,* 1977

W. H. Hudson, *Adventures Among Birds,* 1913

Richard Jefferies, *The Gamekeeper at Home,* 1878; *The Amateur Poacher,* 1879; *The Life of the Fields,* 1884

Rev. C. A. Johns, ed. J. A. Owen, *British Birds in Their Haunts,* 1938: 行行都是自然文学。

Richard Lewington, *Pocket Guide to the Butterflies of Great Britain and Ireland,* 2003

Ronald Lockley, *The Private Life of the Rabbit,* 1964: 亚当斯《兔子共和国》的灵感来源。

Robert Macfarlane, *The Wild Places,* 2008

J. G. Millais, *The Natural History of British Game Birds,* 1909

Ian Moore, *Grass and Grasskands,* 1966:"新博物学家"系列中的一本。

Ernest Neal, *The Badger,* 1948: 同为"新博物学家系列中的一本。

GeorgeNOrwell, *Coming Up for Air,* 1939

Eric Parker, *Shooting Days,* 1918; *The Shooting Week End Book,* n.d.

E. Pollard, M. D. Hooper and N. W. Moore, *Hedges,* 1974

Major Hesketh Prichard, *Sport in Wildest Britain,* 1921

Oliver Rackham, *The History of the Countryside,* 1986

Arthur Ransome, *Great Northem?,* 1947:《燕子号与亚马逊号》系列出版较晚的一本，故事里的孩子们相信，珍贵的白嘴潜鸟正在苏格兰湖泊做窝，他们必须保护它们。

Romany (G. Bramwell Evans), *A Romany in the Fields,* 1927; *Out with Romany by Meadow Stream,* 1942

Siegfried Sassoon, *Memoirs of a Fox-Hunting Man,* 1928

Peter Scott, *The Eye of the Wind,* 1961: 就是那个创建了野生鸟类基金会、在第二次世界大战中指挥英国皇家海军炮艇并获得了"作战勇猛十字勋章"提名的人。其父即"南极的斯科特"，曾在结冰的遗言上请求妻子"培养孩子对自然的兴趣"。

John Seymour, *The Fat of the Land,* 1961

Henry Stephens, *The Book of the Farm,* 1844：维多利亚农业随身手册。

Paul Sterry, *Collins Complete Guide to British Wild Flowers,* 2006

David Streeter and Rosamond Richardson, *Discovering Hedgerows,* 1982

Thomas Traherne, *Centuries of Meditations,* 1908：特拉赫恩可谓"英国的圣方济各"。

Edward Thomas, *Collected Poems,* 1920

S. Vere Benson, *The Observer's Book of British Birds,* n.d.

Brian Vesey-Fitzgerald, *Game Birds,* 1946; *The Book of the Horse,* 1946

Paul Waring and Martin Townsend, *Concise Guide to the Moths of Great Britain and Ireland,* 2009

Gilbert White, *The Natural History of Selboume,* 1789：英国自然书写之发端。

Raymond Williams, *The People of the Black Mountains,* Vols 1 &2, 1989-90：布莱克山下潘迪铁路村土生土长的威廉姆斯，最终成为剑桥戏剧教员和马克思主义哲学家。这两卷本小说文气十足，却有效地描述了布莱克山风貌变迁的历史。

Henry Williamson, *Tarka the Otter,* 1927

William Youatt, *Sheep: Their Breeds, Management and Diseases,* 1848

**草地曲目列表：**

J.S. Bach, *Sheep May Safely Graze,* 1713:《狩猎康塔塔》中赞美牧羊人的咏叹调。

Samuel Barber, *Adagio for Strings,* 1936

George Butterworth, *The Banks of Green Willow,* 1913: 巴特沃思于1916年死于一次行动中。

Hubert Parry, *Jerusalem,* 1916: 没错，是帕里家的亲戚；至少从名字来看是的。

Henry Purcell, *When I Am Laid in Earth,* 1688:《狄多和埃涅阿斯》中的咏叹调。

Supergrass, *Alright,* 1998: 给我来杯椰子汁，尤其是在草儿歌唱的温暖春日。

Ralph Vaughan Williams, *Fantasia on a Theme by Thomas Tallis,* 1910; *Folk Songs II: To The Green Meadow,* 1950

Thomas Tallis, *Spem in Alium,* c. 1570: 'Hope in any other'.

## 致　谢
### Acknowledgements

感谢英国作家协会（The Society of Authors）授予我基金会奖（Foundation Award）。

感谢环球出版社（Transworld）的苏珊娜·韦德森（Susanna Wadeson）和帕齐·欧文（Patsy Irwin）以及LAW的朱利安·亚历山大（Julian Alexander）和本·克拉克（Ben Clark），感谢我的妻子、孩子以及地里、野外和农场上通情达理的生灵们容忍我。还要感谢花草树木。

最后，我要感谢费伯（Faber & Faber）和维京（Viking）出版社分别允许我复制埃兹拉·庞德的《诗经》英译本（其中诗篇《生民之什》）以及约翰·斯图沃特·科利斯作品《蚯蚓原谅了犁》中的小片段。

图书在版编目（CIP）数据

干草耙，羊粪蛋，不吃毛茛的奶牛 /（英）约翰·刘易斯-斯坦普尔著；徐阳译. -- 北京：北京联合出版公司，2021.5
ISBN 978-7-5596-3862-5

Ⅰ.①干… Ⅱ.①约… ②徐… Ⅲ.①散文集—英国—现代 Ⅳ.①I561.65

中国版本图书馆CIP数据核字（2019）第294958号

北京市版权局著作权合同登记 图字：01-2020-5544

Meadowland: the Private Life of an English Field
Copyright © John Lewis-Stempel 2014
Illustrations and map by Micaela Alcaino
Published in agreement with Lucas Alexander Whitley Ltd acting in conjunction with Intercontinental Literary Agency Ltd, through The Grayhawk Agency.

Simplified Chinese edition copyright © 2021 by Beijing United Publishing Co., Ltd.
All rights reserved.
本作品中文简体字版权由北京联合出版有限责任公司所有

### 干草耙，羊粪蛋，不吃毛茛的奶牛

| 作　　者： | [英] 约翰·刘易斯-斯坦普尔（John Lewis-Stempel） |
|---|---|
| 译　　者： | 徐　阳 |
| 出 品 人： | 赵红仕 |
| 出版监制： | 刘　凯　马春华 |
| 选题策划： | 联合低音 |
| 特约编辑： | 唐乃馨 |
| 责任编辑： | 周　杨 |
| 封面设计： | 周伟伟 |
| 内文排版： | 刘永坤 |

关注联合低音

北京联合出版公司出版
（北京市西城区德外大街83号楼9层　100088）
北京联合天畅文化传播公司发行
北京华联印刷有限公司印刷　新华书店经销
字数160千字　880毫米×1230毫米　1/32　9.75印张
2021年5月第1版　2021年5月第1次印刷
ISBN 978-7-5596-3862-5
定价：56.00元

版权所有，侵权必究
未经许可，不得以任何方式复制或抄袭本书部分或全部内容
本书若有质量问题，请与本公司图书销售中心联系调换。电话：（010）64258472-800